KB023035

아무나가
아니라
'내'가
되고 싶어

아무나가 아니라 '내'가 되고 싶어

펴 낸 날 | 2022년 1월 10일 초판 1쇄

지 은 이 | 하주현
펴 낸 이 | 이태권

책임편집 | 윤주영
북디자인 | 정진아

펴 낸 곳 | 소담출판사
　　　　　서울특별시 성북구 성북로5길 12 소담빌딩 301호 (우)02880
　　　　　전화 | 02-745-8566　　　팩스 | 02-747-3238
　　　　　등록번호 | 1979년 11월 14일 제2-42호
　　　　　e-mail | sodambooks@naver.com
　　　　　홈페이지 | www.dreamsodam.co.kr

ISBN　　　979-11-6027-289-5 (03810)

되는 일이 없을 때

읽으면

용기가 되는 이야기

아무나가
아니라
'내'가
되고 싶어

하주현 지음

소담출판사

차례

추천사 8 프롤로그 16

1부.

삶은 내 마음대로 되지 않겠지만, 적어도 태도는 선택할 수 있잖아

삶의 귀퉁이에서 작은 행운을 붙잡다 23

'뭐 하러 그런 일까지 해?'라는 말 앞에서 30

낯섦이 일상이 될 때 39

선택은 아이처럼, 책임은 어른처럼 44

하나라도 잃지 않으려고 버둥거리는 너에게 52

디테일이 모든 것이라고 느껴지는 순간 57

질 거라는 걸 알면서도 링 위에 오른다는 것 62

다시는 가지 않으리라 마음먹었던 것을 돌아볼 때 68

2부.
_____

나마저 나를 포기할 수는 없으니까

아무도 내 편이 되어 주지 않는다면 77

모두가 하나마나, 보나마나라고 말할 때 83

엄마는 왜 그때 그렇게 말해 주지 않았을까 88

뜻하지 않은 행운을 의연히 받아들이기 93

우아한 제안에 대하여 99

낭만적 취업과 그 후의 일상 104

3부.

그래서 내가, 나여야만 할 때

나는 일단 정확하게 던지겠어 115

숨길 수 없는 건 사랑, 가난, 기침만은 아니라고 121

어둠 속에서는 빛나는 것만 보이니까 127

마지막까지 나를 변호하기 133

아무도 가르쳐 주지 않는 길목에서 141

길들인 것에는 책임을 지는 거야 148

내가 사랑하는 일에 무슨 끝이 있나요 153

하던 대로 해요, 우리 159

너도 살면서 한 번은 미란다를 만날 거야 165

이제는 선택해야 하는 순간 174

4부.

삶에는 지름길이 없다고 하니까

영웅이 필요 없는 세상에서 히어로로 산다는 것 181

그래도 같은 곳을 보고 있으니까 187

아무 이유 없이 그러진 않을 거잖아 192

힌트를 주는 것뿐이야 199

의미를 찾는 일 204

삶에는 지름길이 없다고 하니까 211

쓴 빵을 씹으면서 217

에필로그 225

추천사

Julia impressed me from the first time I talked with her. She is passionate about the restaurant industry and is impressive with how she approaches problems. She's an action-oriented leader and does a great job of translating theory into practice.

— Sheryl E. Kimes | Professor at the School of Hotel Administration at Cornell University

줄리아는 만나서 얘기하는 순간부터 나에게 큰 인상을 남겼습니다. 그녀는 레스토랑 업계에 열정적이었고 어려운 사항들에 대한 접근 방식 또한 특별했습니다. 그녀는 행동을 먼저 하는 능동적 리더이고 이론을 현실에 접목하는 큰 역할을 하고 있습니다.

— 코넬 대학교 호텔경영학과 쉐릴 카임스 교수

I know that words are always so difficult to express thoughts, but I would like to share a few comments about Julia/Joo Hyun Ha.

Julia was a students of mine at the School of Hotel Administration at Cornell, I still remember so clearly that she was so smart, intelligent, bright, professional, very passionate and totally dedicated to the field of Hospitality. As it is visible looking at her career path/progress: Cornell Hotel School degree, prestigious Hotel companies as The Ritz Carlton and Four Seasons, and at restaurants such as Daniel, L'Atelier de Joel Robuchon, and Eric Ripert at Le Bernardin, these are famous, and prestigious restaurants, owned and managed by chefs that are very well known globally.

I really enjoyed and it was a pleasure that I had the opportunity to have Julia's as one of my students and to see all of her achievements and accomplishments.

In conclusion, and as a final comment, I am very positive that her learnings and lessons will influence young people for good in their career.

— Giuseppe Pezzotti | Senior lecturer at the School of Hotel Administration at Cornell University

생각하는 바를 글로 옮기는 것은 항상 어려운 일이지만 저는 줄리아에 관한 이야기를 하고자 합니다.

줄리아는 코넬 대학교 호텔경영학과에 다니는 저의 제자였습니다. 저는 지금도 그녀가 영특하고 밝고 근면했으며 서비스업에 대한 열정과 헌신이 대단했던 학생으로 기억하고 있습니다. 그것은 그녀의 경력 과정을 보면 명확해집니다.

코넬 호텔경영학 학위, 리츠칼튼과 포시즌스 같은 특급 호텔들, 그리고 세계적으로 유명한 셰프들이 소유하고 운영하는 유명하고 명망 있는 식당인 Daniel, L'Atelier de Joel Robuchon, 셰프 Eric Ripert의 Le bernardin에서 경력을 쌓아 갔습니다.

줄리아를 나의 제자로 받아들여 가르치고 그녀가 이룬 성취를 지켜보는 것은 나에게 큰 즐거움이었습니다. 그녀가 배우고 익힌 일들은 이 분야에서 일하는 젊은이들에게 많은 도움을 주리라고 확신합니다.

— 코넬 대학교 호텔경영학과 조세피 페조티 부교수

It was a privilege to work with Julia, a student coming from the Cornell hospitality program. My appreciation for her work was all about her willingness to tackle any task and deal with any pressure with grace, respect, and ambition, even if she did not know the answer. Julia's energy and trust are the hallmark of her qualities.

— Daniel Boulud | Chef & Restaurateur

코넬 대학교에서 호텔경영학을 전공한 줄리아와 함께 일한 것은 나에게 매우 특별한 경험이었습니다. 그녀는 항상, 때로는 해결책이 보이지 않는 어렵고 급박한 일들을 품위와 존중, 의욕을 가지고 자발적으로 처리함으로써 저를 감탄시켰습니다. 줄리아의 일에 대한 열정과 믿음은 그녀가 보여 준 가장 큰 자질이었습니다.

— 셰프 & 레스토랑 경영자 다니엘 불뤼

A testament to Julia's work ethic and the challenges overcome and lessons learned on the road to her achievements. An informative and useful reference for young people looking to build careers in hospitality.

— Eric Ripert | Chef

이 책은 줄리아의 업무에 대한 자세와 그녀가 경력을 쌓아 가면서 도전을 극복하며 배운 교훈에 대한 이야기입니다. 서비스 분야에서 경력을 쌓고 싶은 젊은이들에게 유익하고 유용한 참고가 될 것입니다.

— 에릭 리페르 셰프

Julia's experience and knowledge of international fine cuisine and hospitality are equal to none in Korea. For 25 years she has trained and worked with the best chefs and hoteliers all over the world. This book takes you along her fascinating journey from her first internship at a NYC restaurant to opening and running the best hotels in Korea. And what a story it is...

— Chef Hooni Kim

줄리아의 다국적 파인다이닝과 레스토랑 경영에 대한 경험과 지식은 국내에서 단연 독보적입니다. 지난 25년 동안 그녀는 전 세계에서 가장 유명한 셰프, 호텔리어들과 함께 일하며 경력을 쌓았습니다. 이 책은 그녀가 뉴욕에 있는 한 식당의 인턴에서 시작하여 대한민국 최고의 호텔들을 오픈하고 운영하는 과정의 매혹적인 여정으로 독자들을 안내할 것입니다. 대단한 이야기지요….

— 김훈이 셰프

독일, 한국, 미국을 커버하며 호텔리어부터 셰프의 세계와 베이커리 사업까지 스펙트럼이 다양한 하주현 부장, 줄리아의 이색 좌충우돌 커리어가 아주 재미있게 녹아 있는 이 책은 뭐 할까, 난 왜 되는 일이 없지? 요걸 어떻게 돌파할까를 고민하는 2040세대들에게 헉 쓰윽 팍팍 와닿을 것을 확신한다.

— 컬처파워, 동심경영 저자, 현 서울혁신센터장 황인선

많은 사람들이 Hospitality업을 생각하면 화려한 건물과 인테리어를 생각하지만, 실은 Hospitality는 사람이 전부다. 멋진 하드웨어는 언제라도 카피할 수 있지만 경험을 만드는 것은 사람이 하는 일이다. 작가인 하주현은 세계 최고의 식당과 호텔들에서 누구보다도 일선에서 그 경험을 만드는 일을 몸소 체험하고, 또 그를 바탕으로 그러한 경험을 한국에 구현하는 작업을 해 왔다. 그녀의 한마디 한마디는 미래의 호텔리어/레스토랑티어들에게 천금 같은 자산이다!

— 아주 호텔 앤 리조트 대표 문윤회

사람들은 흔히 외식업 특히 그 중에서도 서비스업은 누구나 쉽게 할 수 있는 일이라고 생각합니다. 그것은 반은 맞는 말이고 반은 틀린 말인 것 같습니다. 외식 서비스업이 다른 업종에 비해 진입 장벽이 조금 낮은 것은 어느 정도 맞지만 다른 분야와 마찬가지로 이 분야에서도 한눈팔지 않고 오랜 기간 경력을 쌓고 전문가가 되는 일은 그리 쉬운 일은 아닙니다. 100℃가 되어야 비로소 물이 끓어오르는 것처럼 진짜 실력을 발휘하여 외식업의 전문가가 되기까지는

노력과 그리고 경험 그리고 인내와 지식이 축적되어 임계점에 닿는 시간이 필요하기 때문입니다.

책의 저자이신 하주현 님과는 레스케이프 호텔의 '르 살롱 바이 메종엠오' 오픈을 제안해 주시기 위해 저희 매장에 방문해 주셨을 때 처음 만나게 되었습니다. 하주현 님과 함께 일을 하면서 메종엠오의 셰프이신 오오츠카 테츠야 씨와 저는 한국에도 이런 분이 계시는구나, 감탄을 했던 기억이 납니다. 살롱 오픈을 위해 프로젝트를 주관하고 일을 리드하는 모습, 본인이 기획자이면서도 창작자라고 할 수 있는 셰프라는 직업을 존중해 주시는 모습이 인상적이었을 뿐만 아니라 업장 운영과 실무에 대해서도 깊이 이해하고 계시기에 함께 일하는 것이 매우 즐거웠습니다.

이 책은 20여 년간 외식업 현장에서 일해 온 저자의 생생한 목소리가 담겨 있습니다. 너무도 흔하지만 가장 중요한 기본과 태도를 강조하며, 진짜 '실력'을 쌓는 방법에 대해 저자의 경험을 통해 이야기하면서도 페이지마다 저자의 애정 어린 따스한 조언이 가득합니다. 외식업은 고되고 힘든 일임이 분명하지만 우리 생활에 가장 큰 영향을 미치는 '식문화'를 최전선에서 직접 만들어 나가고 고객과 호흡하며 보람과 성취를 느낄 수 있다는 점에서 매우 매력적인 일입니다. 그런 의미에서 F&B 분야에서 일하기를 원하는 많은 분들뿐만 아니라 '고객'을 만나야 하는 다양한 업계의 사람들이 함께 널리 읽어 볼만한 가치가 있는 책입니다.

— 주식회사 메종엠오 대표 이민선

식당과 요식업에 관심이 없다 해도 읽어 볼만하다. 특히 본인의 삶이 무기력하다고 느끼는 사람들에게 혹은 최근 자신이 게을러졌다고 생각하는 사람들에게 더더욱 추천한다. 침대에 누워 책을 펼쳤다가, 책상머리에서 이 책을 덮는 자신을 발견하게 될 것이다.

이른 아침에 마시는 진한 커피의 맛이 삶에도 필요하다고 느껴진다면, 이 책을 감히 추천한다. 세계 최고의 식당과 호텔에서 경험한 저자의 이야기는 '피곤하다'라는 말을 달고 사는 나에게 회초리처럼 다가왔다. 어떤 식으로든 삶은 소중하고 또 열정적으로 다뤄야 한다는 저자의 생각이 고스란히 전해지기 때문이다.

— 하정석 PD / 방송 제작, 연출자

프롤로그

20여 년 전 미국 아멜리아섬의 리츠칼튼 호텔 VIP층 라운지에서는 아침 일곱 시가 되면 바흐의 바이올린 협주곡이 흘러나왔다. 음악을 튼 사람은 항상 나였다. 나는 거의 매일 새벽 네 시 반에 일어나 빠르게 출근 준비를 하고 45분을 뚜벅뚜벅 걸어 호텔에 여섯 시 전에 도착했다. 바로 라운지 오픈 준비에 들어갔다. 그리고 일곱 시 시계 종이 울리면 바흐 음악을 틀면서 라운지의 문을 열었다.

그 호텔을 떠난 지 20년이 훌쩍 넘었다. 나는 지금 서울에 살고 있다. 버스에서 내려 집으로 걸어가는 길에 이어폰에서 바흐의 바이올린 협주곡이 흘러나왔다. 한동안 일부러 피하고 듣지 않았었다. 일어나기 싫었던 새벽, 곧 마주칠 손님들, 영어를 잘 못해 늘 가슴 졸이던 나의 일상이 떠오르기 때문이었다. 그러나 그날은 그 음악이 싫지 않았다. 아련한 기억이 떠오르며 내 마음에 애틋한 감정이 피어올랐다.

　나는 미국과 호주의 리츠칼튼 호텔과 포시즌스 호텔 뉴욕 지점을 거쳐 뉴욕의 미슐랭 3스타 레스토랑의 셰프들인 조엘 로부숑, 다니엘 불뤼, 에릭 리페르와 함께 레스토랑 매니저와 연회부 디렉터 그리고 경영보좌관으로 20년 가까이 일했다. TV와 영화에서 보는 세계적인 스타들도 많이 만나 보았다. 유명 인사들을 처음 볼 때는 가슴이 떨리기도 했다. 하지만 소위 진상 손님들도 적지 않게 경험했다. 그런 좋지 않은 기억을 떠올리면 호텔리어는 다시는 발을 들이고 싶지 않은 직업이라는 생각도 든다. 내 직업에 회의를 느껴 호텔을 잠시 떠난 적도 있었다. 하지만 결국 내 일에 기쁨과 보람을 느끼게 해 준 손님들 덕분에 다시 돌아왔다. 그 후로 나는 지금껏 쉼 없이 열심히 달렸다.

　얼핏 들으면 이런 이력이 행운의 연속 같겠지만 속사정은 그렇지 않았다. 겉으로 보이는 빛나는 20% 뒤에 가려진 80%는 고군분투하며 버텨 낸 녹록하지 않은 날들이었다. 사실 나는 남들과 비교해서 특별히 내세울 것이 없다. 심지어 제일 못한 과목이 영어였고 내 입맛은 토박이 한국식이어서 양식을 좋아하지 않고 술도 마시지 못한다. 어느 모로 보나 자격 미달인 내가 어떻게 미국에서 대학원을 나오고 최고급 호텔과 레스토랑에서 일할 수 있었을까? 영어가 능숙하지 못해 늘 가슴을 졸이며 일을 했고, 프랑스 음식을 몰라서 하루 다섯 끼를 먹으며 공부했으며 뉴욕 상류층의 라이프 스타일을 전혀 가늠하지 못해서 매일 초과 근무를 하며 감각을 배우고자 하는 등 웃픈 드라마를 써 내려왔다.

20년 가까이 지속한 해외 생활을 마치고 한국으로 돌아온 나에게 많은 사람들이 물었다. "왜 한국에 다시 오셨어요? 미국이 더 좋지 않나요?" 나는 세계 최고의 대가들과 가까이 일하며 많은 것을 배웠다. 그러나 미국인이나 프랑스인이라고 해도 경험하기 쉽지 않은 나의 경력은 역설적으로 내 능력이 뛰어나지 않아서, 배경으로 가진 것이 없어서, 또 인생이 화장지처럼 술술 풀리지 않았기에 가능했다. 나는 성공의 경험을 자랑하고 싶지 않다. 내가 간 길이 옳았기 때문에 내가 살아온 방식을 따라야 한다는 이야기도 아니다. 대신 내가 한 선택에 책임을 지려 노력했다는 이야기를 하고 싶다. 당신도 남들이 보기에는 아이 같아 보이는 선택을 용감하게 하기를, 또 그 선택을 어른처럼 책임지기를 바라니까. 우리들이 쉽게 말하는 '할 수 없는 이유들'에 대해 '할 수 있는 이유들'로 바꾸어 가는 얘기를 전하고 싶다. 어떠한 상황에서도 내가 할 수 있는 일을 찾으려는 마음을 가졌으면 하니까. 언젠가 희망 없이 털썩 주저앉아 있을 때 내 이야기를 떠올리며 의지와 희망으로 툭툭 털고 일어난다면 이 책은 그 역할을 다한 것이다.

1부

삶은 내 마음대로 되지 않겠지만,
적어도 태도는 선택할 수 있잖아

삶의 귀퉁이에서 작은 행운을 붙잡다

우리는 삶이 우리를 어떻게 대할지 선택할 수 없으며, 단지 우리
가 그것을 어떻게 대할지만 결정할 수 있다.

대니 그레고리Danny Gregory의 에세이 『모든 날이 소중하다』
에 나오는 문장이다. 삶이 우리를 어떻게 대할지 선택할 수 없다
는 말을 다르게 표현하면 '인생은 어떻게 풀릴지 알 수 없다'라
고 할 수 있지 않을까.

이 문장이 마음에 와 닿은 건 나 역시 살면서 예기치 않은 선
택의 순간에 놓인 적이 많았기 때문이다. 정말이지 인생이 내 마
음대로 풀리지 않는다는 생각을 자주 했다. 아마 나처럼 느끼는

이삼십대들이 많을 것이다. 열에 아홉이 대학에 가는 시대라지만 좋은 대학 문은 여전히 좁고 취업의 문 또한 철문처럼 꽉 닫혀 있으니까. 누군가는 어차피 예측할 수 없는 인생이니 그때그때 주어진 일을 해결하는 것으로 만족하며 살라고 말할 수도 있지만, 나는 그런 이야기에 쉽게 공감하지 못하겠다. 인생에는 한번쯤 행운이 찾아온다고 믿고, 삶의 귀퉁이에서 그 작은 행운을 붙잡기 위해서는 마음의 준비가 되어 있어야 한다고 생각하기 때문이다. 인생은 어떻게 풀릴지 모르니까.

내가 호텔과 외식업에 몸을 담은 지 이십 년이 넘었다. 1995년 2월에 한국의 리츠칼튼 호텔에서 근무한 것을 시작으로 아멜리아 아일랜드, 펜타곤 시티와 호주 시드니 지점, 포시즌스 호텔 뉴욕 지점을 거쳐 미슐랭 3스타 셰프 조엘 로부숑, 다니엘 불뤼, 에릭 리페르와 함께 일을 했다. 화려해 보이는 내 커리어는 내 상상 밖에서 시작되었다. 독일 프랑크푸르트의 한 호텔에서 말이다.

"피아노 한번 쳐 보지 그래요?"

내게 그렇게 물은 건 피에르가르뎅 유럽 담당 영업본부장이었다.

당시 나는 대학을 막 졸업하고 독일 프랑크푸르트에 사는 고모 댁에 머무르며 어학원을 다니고 있었다. 고모는 파독 간호

사로, 독일로 건너가 오랜 기간 간호사로 일하셨다. 은퇴 후에는 프랑크푸르트 중앙역 앞에서 선물 센터를 운영하셨다. 내가 독일에 갔던 건 독일에서 취업을 하겠다는 생각보다는 그 도시의 정취에 반해 세상 구경을 하러 나왔다고 말하는 편이 정확하겠다. 마인강 건너에 있는 구시가지 작센하우젠에 자리한 괴테 인스티튜트 어학원에 다니면서 고모가 운영하는 가게에서 일을 도왔다. 숙식을 제공하는 고모에게 조금이나마 보탬이 되고 싶어서였다.

어느 날 피에르가르뎅 유럽 담당 영업본부장이 고모 가게에 찾아왔다. 신제품 소개도 하고 판매 추이도 얘기하는 정기 방문이었다. 고모는 나를 데리고 그와 함께 시내에서 가장 유서 깊은 슈타이겐베르거 프랑크푸르트 호프Steigenberger Frankfurter Hof 호텔에 차를 마시러 갔다. 이 호텔은 프랑크푸르트 금융 지구 중심에 자리 잡고 있는 랜드마크다. 1876년에 지어진 만큼 역사가 깊고 내부도 아주 고풍스럽다. 차를 마시다가 프랑스인 영업본부장이 내게 물었다.

"주현 씨는 취미가 뭐죠?"

"저는 피아노 치는 걸 좋아해요."

"그래요? 그럼 한번 들려줄 수 있나요?"

평온하게 대화를 주고받는 중에 그는 불쑥 호텔 로비 중앙에 놓인 그랜드 피아노를 가리켰다. 취미가 피아노라면 한번 칠 수 있겠냐는 제안이었다. 내가 이렇게 좋은 호텔 로비에서 피아노를 친다고? 그럴 수 있을 리가. 나는 손사래를 치며 설명을 했다.

"이렇게 좋은 호텔은 피아노를 잠가 두곤 해요. 아무나 치면 소음이 될 수 있으니까요. 게다가 저는 피아노 전공자도 아니고 사람들 앞에서 칠 만한 실력은 안 된답니다."

"그냥 한번 들어 보고 싶어서 그래요."

내가 정중히 거절했음에도 그는 로비 라운지 매니저를 불러 피아노를 쳐도 되겠느냐고 부탁했다. 그리고 호텔 측에서 선뜻 내게 피아노를 칠 수 있는 기회를 줬다. 독일에 우수한 한국인 음악 전공자가 많아서 그랬던 걸까? 당시에도 세계적인 연주자들이던 정명화, 정경화, 정명훈 남매의 정 트리오 덕이었을까?

뱉은 말을 주워 담을 수는 없으니 마지못해 나는 피아노 앞에 앉았다. 스타인웨이*였다. 속으로 오 마이 갓! 소리가 절로 나왔다. 손가락만 슬쩍 대도 청명한 소리가 날 만큼 길이 잘 들여진 최고급 피아노였다. 피아노에 버터를 발라 놓았나 할 정도였

---

* Steinway&Sons라는 미국과 독일의 수제 피아노 제조업체의 줄임말. 우수한 품질로 유명하다.

다. 나는 고급 피아노 덕에 40분 동안 시간 가는 줄 모르고 내 마음대로 연주를 했다. 한때 연주자를 꿈꾸었으나 비싼 레슨비의 부담으로 전공을 포기했던 피아노다.

나는 악보를 보고 치기보단 들은 대로 피아노를 두드렸다. 흉내를 내 보는 것이다. 클래식 곡도 연주하고 동요도 연주했다. 피아니스트 흉내 수준이었지만 로비에 있던 손님들은 크게 박수를 쳐 줬다. 어쩌면 악보도 없이 열심히 치는 독특한 모습이 호감이었을 수도 있다. 비록 내가 피아노를 굉장히 잘 치는 건 아니지만 이렇게 유서 깊은 호텔 로비에서 한참 동안 피아노를 연주했다는 것만으로도 기분이 좋았다.

그런데 말도 안 되는 일이 또 생겨났다. 로비 라운지 매니저가 내게 다가와 이렇게 말하는 것이었다.

"로비 피아니스트로 일해 줄 수 있겠어요? 호텔 총지배인이 당신의 피아노 연주를 듣고 먼저 제안을 하셨습니다."

"네? 저요? 이 실력으로요?"

"총지배인이 손님들의 박수 소리에 놀라시며 바로 채용하라고 지시하였습니다."

두 번째 오 마이 갓! 인생에 이런 일이 일어나다니. 이 기회를 붙잡지 않을 수 없었다.

"물론이죠! 하고 싶어요!"

　나는 그 호텔의 피아니스트로 일하게 됐다. 그곳에서 1년 동안 일하면서 세계적인 성악가 루치아노 파바로티도 보았고, 존경하는 빌리 조엘을 비롯해 많은 유명 인사를 만났다. 연주를 듣던 손님들이 호텔 연회 행사 때 피아노 아르바이트를 부탁하기도 했다. 나를 중국인으로 오해하는 손님들이 많아 엄마에게 부탁해 국제 우편으로 한복을 받아 입고 연주를 했다. 부수입이 꽤 쏠쏠했다.

　독일의 유서 깊은 호텔에서 피아노 연주 아르바이트를 했다고 하면 사람들은 내가 독일에서 공부를 했거나 피아노를 전공했을 것이라 넘겨짚는다. 쇼팽과 라흐마니노프는 너끈히 치고도 남을 엘리트로 보기도 한다. 하지만 나는 경영학을 전공했고 독일에 처음 간 것도 스무 살이 넘은 1990년이었다. 아무리 그래도 피아노 실력이 뛰어났으니 그런 게 아니냐고? 어릴 적 꿈이 피아니스트였을 정도로 음악을 좋아하지만 악보를 보고 자유자재로 치긴 어려운 수준이다.

　피아노 전공자도 아니고, 독일에 유학을 간 유학생 신분도 아니었지만 이 작은 기회가 나를 평생의 직업으로 안내했다. 그 일이 아니었다면 호텔에서 일하게 될 내 경력은 막연한 꿈으로 사라져 버렸을지도 모른다. 인생은 어떻게 될지 모른다. 그 아르바이트는 호텔에서 일하고 싶은 바람의 씨앗을 내 마음에 심어 놓았다.

'뭐 하러 그런 일까지 해?'라는 말 앞에서

독일에 머물며 호텔 로비에서 피아노 연주 아르바이트를 하는 동안 호텔을 A부터 Z까지 공부하고 싶다는 의지가 생겼다. 귀국한 후에 호텔 관련 공부를 본격적으로 할 수 있는 방법을 찾아보았지만 무엇도 녹록하지 않았다. 호텔계의 최고 명문이라는 스위스 로잔 스쿨은 그때만 해도 프랑스어로만 수업을 진행했다. 영어도 잘 못하는데 프랑스어라니. 자신이 없었다. 스위스에서 영어로 수업을 하는 호텔 학교도 알아보고, 독일이나 오스트리아도 염두에 두었다. 나의 이런 고민을 대학 은사님인 이성철 교수님에게 털어놓으니 일단 실전부터 뛰어 보는 게 어떻겠냐고 말씀하셨다.

"직접 바닥부터 시작하며 겪는 호텔은 또 다를 수 있어. 일단 일해 보고 그래도 호텔이 좋다면 그때 공부해도 늦지 않을 거야."

교수님 제안대로 호텔에 취직을 해야겠다는 생각을 했다. 마침 나의 생각을 아는 듯 친구가 곧 오픈할 리츠칼튼 호텔에 지원을 할지 고민 중이라는 얘기를 했다. 리츠칼튼은 당시 최고급 호텔이었다. 지금은 보편화된 사우나, 피트니스 클럽을 이용할 수 있는 고급 회원권을 판매하는 몇 안 되는 호텔이었다. 주저할 것 없이 친구를 설득해 리츠칼튼에 같이 지원을 했다. 하지만 좋은 포지션은 이미 다 채워지고 뒤늦게 들어간 나는 아무도 선택하지 않은 인포메이션 직무를 맡게 되었다. 인포메이션 직무는 호텔을 찾는 손님들에게 간단한 안내를 하고 누군가 묻는 질문에 친절하게 답해 주는 게 전부였기에 하고 싶지 않았다. 어쩐지 폼이 나지 않았기 때문이다. 망설이다가 또 교수님을 찾았다.

"합격은 했는데 직무가 인포메이션이에요. 하는 일이 제가 생각하던 것과 달라서 할지 말지 모르겠어요."

"일단 해 봐. 네가 거기에 뼈를 묻겠다는 것도 아니잖아. 해 봐야 분위기도 알고 네게 맞는지 어떤지 알 수 있지."

호텔이 새로 들어서면 개관 6개월 전부터 직원 채용을 시작하기에, 두 달 전에 들어간 건 막차를 탄 셈이었다. 그때만 해도 이 하찮아 보이는 직무가 나를 미국으로 데려갈 오리엔트 익스프레스 열차가 될 줄은 상상도 하지 못했다.

리츠칼튼에서 인포메이션 직무를 맡는 동안 나는 전 세계 리츠칼튼 지점에서 온 150명의 외국인 간부들과 종종 마주쳤다. 리츠칼튼은 아시아에 처음 생기는 리츠칼튼 서울에 대단한 정성을 기울였고, 세계 여러 지점의 총지배인과 부지배인 150명을 서울에 파견했다. 이들은 오픈 전 3주 동안 서울에서 650여 명의 직원을 교육했다. 로비에서 일하는 고객 서비스 팀을 교육하기 위해 온 담당 간부들과는 3주 동안 매일 얼굴을 마주쳤다.

교육 현장에서 프로페셔널한 그들은 일상생활에서는 서툴기 일쑤였다. 당시만 해도 서울은 영어가 잘 통하는 지역이 아니었고 영어로 된 간판이나 안내문도 흔하지 않았다. 우체국에 가거나 은행에 갈 때마다 그들은 패닉 상태에 빠졌다. 감기에 걸려도 약을 사지 못해 끙끙대곤 했다. 그들이 난처해하는 걸 본 나는 그 어려움을 공감했다. 독일에서 지내는 동안 외국인으로서 힘들었던 기억이 새록새록 떠올랐기 때문이다. 그들에게 도움을 주는 게 내 직무는 아니었지만 우리를 교육하기 위해 온 사람들에게 최소한의 예의를 표하고 싶었다. 어쨌거나 우리를 도와

주려고 멀리서 온 이들이 아닌가.

"은행에 간다고요? 거기는 이렇게 가면 돼요. 지도를 그려 줄게요."

"감기약을 사기 어려워요? 제가 대신 사 오면 되죠."

나는 그들이 서울에 머무는 동안 적극적으로 그들을 도왔다. 영어가 완벽하지 않았지만 보디랭귀지로 그들과 소통했다. 때로는 설명이 어려워 도움이 필요한 곳까지 함께 가기도 했다. 그런 나를 동료들은 좋게 보지 않았다.

"뭐 하러 그런 일까지 해?"

"잘 보여서 뭐 하게?"

잘 보이려고 한 일이 아니었다. 나는 능력도 학벌도 대단하지 않지만 내가 할 수 있는 일이 있다면 손발 벗고 나서야 한다고 생각했다. 거기에 이들은 우리를 교육해 주겠다고 온 사람들 아닌가!

얼마 가지 않아 나는 해외 간부들의 해결사가 되었다. 그들이 내 이름인 '하주현'을 발음하기 어려워해서 가톨릭 세례명인 '줄리아Julia'로 부르도록 했다. 그들은 사소한 어려움을 겪을 때도 '줄리아'를 찾았고, 다른 사람이 어려움을 겪을 때도 '줄리아'를 추천했다. 해결사 줄리아로 산 지 3주 정도가 되었을까? 놀라운 제안을 받았다.

"줄리아, 혹시 미국의 리츠칼튼에서 근무해 보고 싶지 않아요?"

미국 본사 리츠칼튼에서 제안이 들어왔다. 스태프들에게 도움을 주는 모습이 호텔리어로서 소질이 있다고 판단했던 것 같다. 지금 와 생각해 보면 요청을 받기 전에 먼저 남을 돕고자 하는 자세는 호텔이라는 특정한 공간에서는 오지랖이 아니라 손님에게 감동을 주기 좋은 자세였다. 체크인 업무를 처리하고 손님이 실문할 때 대답을 해 주는 것 외에도, 손님에게 먼저 다가가서 그들의 필요를 살피며 사소한 배려를 행하는 곳이 좋은 호텔이기 때문이다.

"당연히 근무해 보고 싶죠!"

사실 리츠칼튼 호텔은 2년 이상 근무한 해외의 매니저급 직원들에게 미국 리츠칼튼에서 일해 볼 수 있는 트레이닝 프로그램을 제공한다. 한국에서 일한 직원도 해외 지점에서 일할 수는 있지만, 보통 해외 파견은 리츠칼튼에서 적어도 2년 이상 된 영어가 완벽한 과장급 직원에게 돌아간다. 고작 한 달밖에 안 된 말단 직원에게 이런 제안은 정말 이례적이었다. 한국 직원 650명 중에서도 처음이고 심지어 리츠칼튼 오픈 이래로 해외 말

단 직원의 미국 근무 초청은 최초였다. 뒷배가 있다는 소문이
돌 만했다.

거절할 이유가 없었다. 돈도 벌고 영어도 배울 수 있는 기회
아닌가! 그러나 가고 싶다고 무조건 갈 수 있는 게 아니었다. 엄
마의 반대가 극심했다. 90년대 중반 우리나라에서 미국의 이미
지는 상당히 험악했다. 보수적인 엄마의 시선에서 미국은 마약
과 총기가 난무하는 무법천지의 나라였다. 엄마는 단 한 푼도 도
와줄 수 없다고 선언했다. 나는 독일에서 피아노 연주 아르바이
트를 하며 모은 돈과 리츠칼튼 서울에서 받은 첫 월급을 모아 비
행기 표를 샀다. 엄마는 내가 공항에 나가는 날까지 화를 내며
나와 보지도 않았다.

또 다른 장애물은 비자였다. 지금 젊은 세대에겐 믿기 힘들
겠지만 1989년 전까지만 해도 관광 목적의 출국은 어려웠다. 순
수한 여행 목적으로 여권을 발급받기는 매우 힘들었다. 1989년
1월 1일 해외여행 자유화 조치 후 여행객들은 물밀듯이 해외로
빠져 나갔고 이때 미국에는 불법 이민자도 많이 생겨났다 한다.
상황이 이러니 미국은 비자 발급도 엄격해서 미혼 여성, 젊은 남
성, 직업이 불분명한 사람 등 미국 내 불법 체류 가능성이 있는
사람들에게 비자를 쉽게 내주지 않았다. 나는 비자 발급을 받

을 수 없을 요건을 다 갖추었다. 23세 미혼 여성이고 특기생도 아니고 미국에서 드문 직업을 가진 것도 아니었으니 결국 미국 대사관은 내 비자 발급을 거부했다. 여권 맨 뒤에 날짜와 함께 빨간색으로 'Reject(거부)'가 찍혔다. 이대로 미국 근무는 물거품이라 생각했다.

그런데 리츠칼튼 본사가 내 신원을 보증하고 나섰다. 서울 주재 미 대사관에 직접 팩스와 전화로 나의 채용 의사를 밝히고 18개월 후 나를 한국이나 아시아, 유럽 등 미국 이외의 지역으로 파견 보낼 것이라고 약속했다. '수습사원이지만 우리에게 꼭 필요한 인재'라는 게 이유였다. 그들의 적극적인 태도에 마침내 비자 승인이 났다.

드디어 리츠칼튼으로 떠날 수 있는 모든 준비가 갖춰졌다. 나를 어느 지점으로 보낼까 여러 의견이 있었다. 본사가 있는 리츠 칼튼 애틀랜타, 규모가 큰 리츠칼튼 LA, 역사가 깊은 리츠칼튼 보스턴이 물망에 올랐는데 최종적으로 플로리다에 있는 리츠칼 튼 아멜리아 아일랜드로 결정이 났다. 리츠칼튼 서울에서 우리 팀을 교육했던 부총지배인이 일하던 곳이었기 때문이다. 리츠칼튼 아멜리아 아일랜드에서 VIP 클럽 컨시어지* 매니저인 수잔이 나의 이야기를 듣고 나를 한번 교육해 보겠다고 이야기를 한 것도 결정에 한몫했다. 여러 사람에게 맞춤형 도움을 주는 내 성향이 VIP 담당에 어울린다고 생각했던 것 같다.

아멜리아섬은 미국의 부유한 사람들이 휴가를 떠나는 플로리다에 있는 휴양 도시다. 나는 비행기 표와 비자 수속 비용을 지불하고 남은 돈인 400달러를 들고 아멜리아섬에 있는 리츠칼튼으로 떠났다. 호텔에서 일해 보고 싶다는 막연한 바람이 있을 때만 해도 이렇게 빠르게 세계적인 호텔에서 일하게 될 줄은 상상도 하지 못했다. 게다가 미국 본사가 비자 문제를 직접 해결할 정도로 애를 써서 나를 보낸 것이 아닌가.

내가 그냥 스쳐만 갈 호텔, 두 번 다시 만나지 않을 사람들이라 치부하고 해외 직원들을 돕지 않았더라면 본사에서도 호텔 직원으로서의 나의 재능을 알아보지 못했을 것이다. '이 일은 업무 범위에 적혀 있지 않으니까 할 수 없어요', '그게 제 일인가요?', '그거 하면 추가 급여 나오나요?' 받은 만큼만 일하는 건 노동자에게는 당연한 일일 수 있다. 물론 그런 마음이 이해되지 않

---

* 호텔에서 손님의 다양한 요구에 맞추어 레스토랑 예약, 교통편 예약, 지역 투어 지원 등을 제공하는 서비스

는 건 아니다. 열정을 강요하며 급여는 적게 지불하는 문화도 있고, 정직원 전환을 미끼로 가혹하게 착취하는 기업도 자주 봤다. 상처받은 사람들이 몸을 사리는 게 무리는 아니다. 그래도 세상에서 일어나는 일들은 계산만으로 정확히 측정되지 않는 것 같다. '뭐 하러 그런 일까지 해?'라는 말 앞에서 움츠러들지 않아도 괜찮다. '그런 일'을 한 나에게 작은 행운이 선물처럼 찾아온 것처럼, 당신도 그럴 것이다.

낯섦이 일상이 될 때

미국에서 나의 첫 근무지가 된 아멜리아 아일랜드Amelia Island는 플로리다주의 북쪽, 조지아주와 가까운 대서양에 인접해 있는 조그마한 섬이다. 겨울 최저 기온이 7도이고 여름 최고 기온은 30도 정도여서 플로리다주의 남쪽 도시만큼 항상 덥지만은 않다. 습도가 늘 60% 이상이어서 공기가 끈적끈적하다.

플로리다라고 하면 하와이처럼 잘 조성된 휴양지를 떠올리겠지만, 아멜리아 아일랜드는 Untouched Island(건드려지지 않은 섬)라는 수식어가 있었다. 개발이 되지 않은 자연적인 섬이라는 뜻이다. 아멜리아 아일랜드는 미국 현지인 중에서도 VIP들이 즐겨 찾는 휴양지로 손꼽힌다. 부유한 사람들은 이 섬에 별장을 사

두고 바캉스를 즐긴다. 자연 경관이 무척 아름답고 남부 지방의 매력이 물씬 풍기는 우아한 곳이다. 이곳을 찾는 외국 관광객은 적고, 백인들이 99%였다.

반면 당시 아멜리아섬에서 태어난 사람들은 섬을 벗어나 본적이 없는 사람이 많았을 정도로 교류가 적은 곳이었다. 외지인들도 거의 없고 흑인도 손꼽을 정도였다. 당연히 한국인은 이 섬에 나 혼자였고 중국인 한두 명이 살고 있는 정도였다. 이들은 한국이라는 나라는 당연히 모르고 내가 왜 영어를 잘 못하는지도 이해하지 못했다.

나는 이곳에 왔을 때 운전면허가 없었다. 호텔에서 가까운 숙소를 구해야 하는데, 가장 가까운 아파트가 걸어서 45분 정도 떨어진 곳이었다. 고작 400달러만 손에 쥔 나는 무조건 저렴하고 호텔과 가까운 숙소를 구했다. 차가 없으니 매일 45분 거리를 걸어서 다녀야 했다. 이런 섬에서 자동차가 없는 생활이란 너무나 불편하다. 출퇴근 말고도 슈퍼 가는 일이 제일 난감하다. 항상 동료들에게 몇 가지 사다 줄 것을 부탁하거나 슈퍼 가는 동료가 생기면 바로 따라붙어야 했다. 누군가에게 늘 부탁하며 생활하는 것은 참으로 불편하고 미안한 일이다. 비가 많이 오는 어느날 출근길에 동네 할아버지가 차를 세워 호텔까지 태워다 주기도 했다. 게다가 이곳에는 토네이도가 자주 온다. 출근길에 토네이도를 만나면 강한 바람을 이기고 앞으로 걸어가야 한다. 비 맞은 생쥐 꼴로 호텔에 도착한 것이 한두 번이 아니었다.

운전면허 외에도 내게 없는 게 하나 더 있었다. 신용 카드였다. 미국에서는 아파트를 구할 때에도, 전기나 전화를 신청할 때에도, 신용이나 보증이 필요했다. 미국에서의 기록이 전혀 없는 나는 이런 점에서 어려움을 겪었다. 400달러 중에서 전기와 전화를 개설하는 데 든 보증금, 소파와 텔레비전을 호텔 동료에게 중고로 사는 데 든 돈, 이불이나 그릇 같은 걸 사는 데 드는 비용을 제하니 손에는 정말 적은 돈만 남았다. 첫 월급이 나오기까지의 기간은 3주. 그렇지만 내가 가진 건 고추장 한 통과 라면 12개뿐이었다. 절약하는 것밖에는 답이 없었다. 식사는 모두 호텔 직원 식당에서 해결했다. 코인 세탁 비용이 워시는 75센트, 드라이는 50센트였지만 그 돈마저 아까워 손빨래를 했다.

매일 섬을 걸어 다니다 보니, 그 작은 섬에서 나를 모르는 사람이 없었다. 워낙 작은 섬이어서 주변 동료들은 내 일거수일투족을 다 알고 있었다. 영어를 못해서 생기는 부끄러운 에피소드도 다음 날이면 동료들에게 다 알려지곤 했다.

한번은 슈퍼에서 계산을 할 때 점원이 이렇게 물었다.

"Plastic or paper?"

플라스틱이나 종이를 샀냐는 말인 줄 알고, 나는 이렇게 답했다.

"I didn't buy."

"No. No. Plastic or paper?"

"I didn't buy."

우리가 실랑이를 하는 동안 기다리는 손님이 늘었다. 내 뒤에 줄을 서 있던 손님이 이렇게 말했다.

"Do you want this or that?"

그제야 나는 둘 중에 골라야 물건을 담아 준다는 사실을 알았다. 비닐봉지가 플라스틱백이라고 불린다는 사실을 몰랐기 때문이다. 다음 날 동료들은 나를 놀렸다.

"줄리아, 어제 슈퍼 갔었다며? 재미있는 일이 있었다고?"

백화점에서도 화장실을 찾지 못해 곤란한 적이 있었다. Toilet이라는 표시를 찾았으나 그런 표시가 된 곳은 없었다. 점원에게 화장실을 물었더니 손으로 Resting Room이라 쓰인 곳을 가리켰다. 저긴 화장실이 아니라 쉬는 곳인데? 다른 직원에게 다시 물었더니 같은 대답을 했다. 속는 셈 치고 그곳에 갔지만 거기엔 소파와 공중전화가 있었다.

'그럼 그렇지. 나를 무시한 거지?'

이번엔 한 층 올라가 다른 점원에게 화장실을 물었다. 그는 또 같은 방향을 가리켰다. 인내심이 한계에 달했다.

"거긴 쉬는 방이잖아요. 난 화장실을 찾는다고요."

다른 직원에게 물어도 마찬가지. 나는 안내 센터로 가서 불만 섞인 목소리로 화장실을 찾는데 자꾸 쉬는 방을 알려 준다고 항의했다. 그녀는 쉬는 방이 화장실이라고 말해 주었다. 소파가 있는 곳에서 문을 하나 더 열었더니, 이럴 수가. 화장실이 있었다. 다음 날 호텔 직원들은 또 웃으면서 나를 놀렸다.

"줄리아, 어제는 백화점에 갔었다며?"

미국에서의 생활은 결코 쉽지만은 않았다. 지금과 달리 정보도, 교류도 활발하지 않을 때라 더 그러했는지도 모른다. 그래도 그때는 고생스럽다는 생각보다는 한국과는 다른 점이 마냥 신기해 즐거웠던 것 같다. 남들이 할 수 없는 경험을 한다는 생각이 나를 사로잡았다. 낯섦이 일상이 되기 전까지, 나는 퍽 즐거웠다.

선택은 아이처럼, 책임은 어른처럼

『논어』에 이런 일화가 나온다.

사마우가 공자에게 "군자란 무엇인가요?" 하고 묻자 공자가 이렇게 대답한다.

"군자는 걱정하지 않고 두려워하지 않는다."

이에 사마우가 다시 묻는다.

"걱정하지 않고 두려워하지 않으면 이를 곧 군자라고 이를 수 있습니까?"

그러자 다시 공자가 말한다.

"안으로 반성하여 거리끼지 않으면 무엇을 근심하고 무엇을 두려워하랴?"

    사마우와 공자의 대화를 보면 군자란 무서워하지도 걱정하지도 않는 사람 같다. 결코 될 수 없는 경지의 사람이다. 그렇지만 이어지는 대화를 자세히 살펴보면 군자는 스스로 반성하고 경계하는 마음을 늘 가지고 있기에 다른 근심의 여지가 없는 것이다. 세계를 근심하기보다 자신을 먼저 돌아보기 때문이다. 나는 군자는 되지 못하겠지만 그런 마음가짐으로 살려고 노력할 수는 있을 것 같았다. 내 부족함 때문에 스스로 늘 경계하고 반성하는 마음을 품고 살았다. 그건 내가 자신 있게 오랜 시간 잘해 왔다고 할 수 있는 몇 안 되는 장점이다.

    리츠칼튼 본사에 채용되는 놀라운 행운을 누리게 되었지만 나는 영어에 자신이 없었다. 생활 영어도 완벽하지 않았고, 조금이라도 전문적인 단어가 섞이면 무슨 말인지 이해할 수가 없었다. 사실 영어가 내 발목을 잡은 게 이번에 처음은 아니었다. 중학교부터 대학교까지 학창 시절 내내 가장 못한 과목은 영어였다.

    세계 각지에서 찾아오는 손님들을 상대해야 하는 호텔 직원이라면 원활한 커뮤니케이션은 기본 중에 기본이다. 특히 리츠칼튼 같은 일급 호텔은 적지 않은 돈을 내고 투숙하는 손님들이 자신이 원하는 바를 손짓 발짓을 해 가며 스태프에게 이해시키는 수고를 하기 원치 않는다. 그러니 영어 때문에 곤혹스러운 나는 매 순간 경계를 늦출 수 없었다. 그랬음에도 결국 VIP 손님에게 큰 잘못을 저지르고 말았다. 영어 단어를 알아듣지 못해 손님을 머리끝까지 화가 나게 만든 것이다. VIP 라운지에서 한 손님이 내게 다가왔다.

"스테이셔너리Stationery를 주실 수 있나요?"

Stationery는 사무용품을 뜻하는 단어다. 그 단어를 몰랐던 나는 'Station Area(역 주변)'로 들렸다. 아멜리아는 섬이기 때문에 지하철도 없고 기차도 없다. 나는 친절하게 그에게 답했다.

"손님, 아멜리아섬에는 역Station이 없습니다."

그는 웃으며 다시 말했다.

"아뇨, 스테이셔너리가 필요해요."

역이 없다는데 자꾸 왜 이러지? 나는 그를 이해시키기 위해 지도를 펼쳤다.

"여기 지도를 보세요. 섬에는 역이 없습니다. 손님."

다정하게 웃는 내 얼굴을 보면서 그는 "No!"를 외쳤다. 내가 뭘 잘못한 걸까? 당황스러운 마음을 감추지 못하고 있는데 그는 화를 내며 이렇게 말했다.

"매니저 불러 주세요!"

VIP 손님이 화를 내며 매니저를 요청하다니, 이건 예사로운 일이 아니었다. '대박 컴플레인'이 걸린 것이다. 매니저에 총지배인까지 출동해 그에게 거듭 사과를 했다. 그가 원한 건 종이와 펜이 담긴 문구 키트였는데 내가 지도까지 펼쳐 가며 역이 없다고 설명을 했으니 얼마나 어이가 없었을까. 얼굴이 빨갛게 달아올라 뒤에서 황망하게 서 있는 나에게 총지배인이 물었다.

"줄리아, 정말 스테이셔너리를 못 알아들었어요?"

그런 단어는 사전에서도 보지 못한 것 같았다. 지금처럼 스마트폰으로 바로 찾을 수 있던 때도 아니었다. 사전이 옆에 있었어도 나는 스테이션Station을 찾았을 것이다. 정말 그렇게 들렸기 때문이다.

"네, 죄송합니다."

총지배인은 황당한 얼굴로 나를 보았다. 그전까지 그는 나를 적극 지지해 주던 사람이었다. 그가 느꼈을 실망 때문에 가슴이 벌렁거렸다. 이제 호텔에서 해고되는 일만 남았구나 싶었다. 한국으로 돌아가야겠지? 그럼 엄마 얼굴을 어떻게 보지? '그렇게 가지 말라고 했는데 말 안 듣고 가더니 결국 이렇게 쫓겨났구나.'

한심해하는 엄마 목소리가 들리는 것 같았다.

호텔 직원으로서 의사소통이 안 되는 건 중대한 결격 사유니 할 말이 없었다. 게다가 VIP에게 컴플레인까지 받았으니 근무 자격 미달이었다. 그런데 다음 날이 되어도 호텔 측에서는 아무 말이 없었다. 나는 조마조마한 마음으로 출근했다. 설사 내가 이곳에서 잘린다고 하더라도 그 손님에게 진심으로 미안한 마음을 전달하고 싶었다. 그를 위해 무엇을 할 수 있을지 고민했다. 내가 할 수 있는 건 그에게 미안함을 표현하는 행동을 취하는 것이었다. 리츠칼튼에는 손님이 말하지 않아도 손님에게 만족스러운 환경을 갖추기 위해 데이터를 구축해 둔다. VIP 손님 정보를 기록한 데이터베이스를 살펴봤다. 그는 보스턴에 있는 회사 임원이고 아들 셋을 두었으며 커피는 무설탕 감미료를 넣어 마시고, 신문은 월스트리트 저널을 선호한다는 걸 파악했다.

나는 아침 일찍 VIP 라운지에 출근했다. VIP 라운지는 VIP들만 이용할 수 있는 고급스러운 다이닝룸으로 하루 다섯 번에 걸쳐 식사와 음료, 술이 무료로 제공된다. 조식, 점심 식사, 애프터눈 티, 가벼운 저녁 식사를 위한 요리부터 디저트, 맥주와 와인을 비롯한 주류, 커피와 차 등이 구비되어 있다. VIP 라운지는 인기가 많아서 하루 종일 좌석이 꽉 차 있곤 했다. 나는 창가 테이블에 월스트리트 저널을 놓고 그를 위한 자리를 맡아 두었다. 월스트리트 저널은 뉴욕에서 오는 경제지로 손님들이 늘 찾는 신문이지만 VIP 라운지에 제공되는 부수가 고작 하루에 다섯 부였다. 자리가 하나둘씩 차고 마침내 그가 라운지에 들어왔다. 앉을 자리가 없어서였는지 그의 얼굴이 일그러졌다.

"손님, 저 테이블이 당신을 위한 것입니다."

그는 나를 쳐다보지도 않았다. 내가 다시 한번 말하자 그는 들은 체도 하지 않고 창가 테이블로 향했다. 나는 계속 그를 살피며 그가 커피를 다 마신 타이밍에 맞춰 무설탕 감미료를 쥐고 테이블로 갔다. 커피 주전자를 들고 그의 컵에 커피를 채웠지만 역시 그는 아무 말도 하지 않았다. 그 사소한 땡큐도 없었다. 그가 떠나는 날까지 나는 매일 창가 옆 테이블을 맡아 두었다. 그가 떠나는 날 그에게 카드를 썼다.

정말 죄송합니다.
제가 당신의 자녀들을 위해 쿠키를 준비했습니다.
정말 죄송합니다.

죄송하다는 말밖에 할 말이 없지만 그게 나의 진심이었다.

카드와 함께 준비한 쿠키는 리츠칼튼에서 손님들에게 가장 인기가 있는 쿠키였다. 다들 집에 갈 때 한두 개쯤 챙겨 가길 원하는 선물이었다. 나는 박스에 쿠키를 꽉꽉 채워 벨맨을 통해 그에게 전달했다.

며칠 후 총지배인이 나를 불렀다. 이제 정말 해고되는 걸까? 떨리는 심장을 부여잡고 총지배인 사무실로 들어가자 그가 내게 편지 한 장을 건넸다.

줄리아, 당신의 정성과 끈기에 놀랐습니다. 그런 일이 생긴 뒤로 나를 피하려고 하면 얼마든지 피했을 텐데요. 이를 만회하기 위해 3일 내내 정성 가득한 서비스를 보여 주는 당신의 모습에 감동했습니다. 게다가 아이들까지 챙겨 주는 세심함에 더욱 놀랐습니다. 처음엔 당신 때문에 다시는 이곳을 찾지 않겠다고 결심했지만, 이제는 당신이 있어 리츠칼튼을 다시 찾을 것입니다.

나의 진심이 통해 다행이었고, 진심을 알아준 그에게 무척 고마웠다. 덕분에 그 사건은 일단락되었고 나는 호텔에 계속 남을 수 있었다. 만약 내가 그곳에서 퇴출되었더라면 실수에 대한 트라우마가 생겼을지도 모른다. 내 마음을 헤아려 준 그가 지금도 고맙다. 그 후 그 손님은 내가 일하는 호텔에 세 명의 아들과 함께 찾아왔고 우리는 절친한 사이가 되었다. 내가 펜타곤 시티로 옮긴 후에도 그곳을 방문해 주었다.

스테이셔너리 사건은 소중한 경험이었다. 나는 지금도 계속 스스로 경계하고 반성하는 자세를 가지려고 노력한다. 그건 부족한 영어 때문에 생긴 습관이기도 하다. 내가 그 사건을 마냥 덮으려고만 했다면, 혹은 내 실수를 인정하지 않고 손님을 탓했더라면 이런 미담을 남기지 못했을 것이다. 내 부족한 점이 나를 더 나은 사람으로 만들어 준 셈이다. 실수는 어쩔 수 없다. 그러나 실수를 대처하는 내 태도는 내가 결정할 수 있다.

하나라도 잃지 않으려고 버둥거리는 너에게

호텔은 매일이 전쟁이었다. 손님들이 호텔을 계속 찾도록 감동을 주고 사소한 디테일을 챙겨야 했다. 겉에서 보면 호텔은 우아한 곳이지만, 스태프들은 백조가 수면 위에서 우아하게 미끄러질 수 있도록 물밑에서 빠르게 발을 휘저어야 했다.

나는 그저 하루를 무탈하게 보내길 기도했다. Stationery 사건을 겪고 나선 '아무 일 없이 지나가기'가 소원이었다. 컴플레인만큼은 정말 피하고 싶었다. 그러나 예상치 못한 사건이 또 닥쳤다. 이번 일은 손님과 내가 서로 쿵짝이 맞지 않아 생겼다.

한 VIP 손님이 내게 엽서가 들어갈 만한 열 장의 봉투를 건네며 함께 온 회사 임원들 방으로 전달해 줄 것을 요청했다. 나는 벨맨에게 봉투 배부를 부탁했다. 그런데 오후 다섯 시가 넘어서 그가 화가 난 얼굴을 하고 나를 찾아왔다.

"왜 카드를 미리 전달하지 않았죠?"

나는 영문을 몰랐다. 카드를 전해 줘야 하는 시간을 특정했던가? 그는 숨을 거칠게 쉬며 이 봉투가 다섯 시에 열린 칵테일 파티 초대장이라고 말했다. 그는 아무도 오지 않는 리셉션 장소에서 혼자 기다리고 있었던 것이다. 초대받은 임원들은 아마 어디선가 골프를 치거나 스파를 하고 있었으리라.

하지만 그는 배달만 요청했을 뿐 정확한 시간을 알려 주지 않았다. 그 카드가 무엇을 위한 것인지도 말하지 않았다. 그러나 지난번 Stationery 사건 때문인지 다들 '줄리아가 또 사고를 쳤구나' 하고 생각했다. 그는 총지배인을 불러 크게 컴플레인을 했다.

"분명 다섯 시에 연회가 있다고 말했잖아요. 그럼 그 전에 배달을 마쳤어야죠. 왜 하지 않은 거죠?"

억울했지만 그대로 당할 수밖에 없었다. 아무도 날 믿어 주지 않았다. 내가 영어를 잘 못해도 설마 시간을 듣지 못했을까? 손님에게 항의하고 싶었지만 그저 묵묵하게 그의 일방적인 컴플레인을 들었다. 지금은 맞서기보다 참을 때라고 판단했다.

다음 날, 그 손님은 일행과 함께 VIP 라운지를 찾았다. 라운지 운영 시간은 오전 7시부터 밤 10시까지였는데, 그가 온 건 9시 45분이 넘은 시간이었다. 보통 이 시간에 오면 미국 직원들은 마감 시간이 다 되었으니 음식과 술은 드실 수 없다고 정중하게 안내를 한다. 이런 대응은 아무 문제가 없다. 늦게 라운지를 찾은 그들은 한잔 즐기고 싶은 눈치였다. 저녁 식사 후 따뜻한 벽난로 곁 아늑한 의자에 앉아 한잔하고 싶을 만도 했다. 게다가 무료가 아닌가. 어제 일을 생각하면 그에게 딱 잘라 안 된다고 말하고 싶었지만 나는 기꺼이 앉으시라고 말했다.

"마감 시간이 다가와서 음식을 치우고 있지만 한잔하실 수 있게 준비해 드리겠습니다."

그들은 다 같이 벽난로 앞에 자리를 잡았다. 치웠던 음식을 다시 내고 시원한 맥주와 와인을 더 준비했다. 퇴근해야 할 시간은 이미 지났지만 혹시 그들이 더 필요한 게 있을 수 있다는 생각에 자리를 좀 더 지켰다. 하루쯤 초과 근무를 하는 게 별거 아닌 것처럼 느낄 수 있지만 매일 잘 안 통하는 영어 때문에 조마조마하며 살얼음판을 걷듯 일을 했기에 퇴근 시간에는 기진맥진해 있었다. 초과 근무를 한다고 수당이 더 나오는 것도 아니니 제시간에 맞춰 집에 가고 싶은 마음이 간절했다. 그런 마음을 꾹꾹 누르며 그들이 자리를 비울 때까지 기다리길 한참. 술과

안주가 모두 동이 나고 치즈와 스낵을 추가로 먹고 나서 그들은 밤 11시가 되어 자리를 비웠다. 기대하지 않았던 나의 서비스에 일행은 모두 만족해했다. 내게 컴플레인을 걸었던 VIP도 뜻밖의 서비스에 당황스러워하면서도 매우 만족해했다. 그들은 떠나며 이런 말을 남겼다.

"Julia! Fantastic!(줄리아, 최고예요!)"

화가 났던 그의 마음이 누그러진 것은 물론이고 부당한 항의를 받은 내 마음도 어쩐지 괜찮아졌다. 그가 내게 미안한 마음이 생겼다면 그것으로 그만이다. 내가 능력이 뛰어났다고 생각했다면, 그가 항의를 할 때 되받아쳤을 것이다. 혹은 그의 항의를 마음에 담아 두고 있다가 업무 수칙에 맞게 그의 요구를 들어주지 않았을 것이다. 그러면 잘잘못은 가려졌을지 몰라도 그 손님은 이 호텔을 다시 찾고 싶지 않았을 것이다. 내가 억울한 마음을 잠시 접어 두었을 때 우리는 모두 만족스러울 수 있었다.

바둑에서는 한 수 한 수가 중요하지만 눈앞의 한 수만 보아서는 결국 패하고 만다. 때로는 한 수를 내어 주고 두 수를 가져오는 전략이 필요하다. 하나도 잃지 않으려고 바둥대는 사람을 바둑에서는 가장 초보로 친다. 살다 보면 마음대로 되지 않는 일도 많고 억울한 일도 많다. 때로는 예전 실수 때문에 사람들이 자신을 오해하기라도 하면 엇나가고 싶어지기도 한다. 어쩌면 지금 이 순간이 한 수를 내어 줘야 하는 때인지도 모른다.

디테일이 모든 것이라고 느껴지는 순간

리츠칼튼 아멜리아 아일랜드에서 부매니저로 1년을 근무한 후 리츠칼튼 펜타곤 시티로 자리를 옮겼다. 매니저로 승진도 했다. 휴양지에 자리한 리츠칼튼 아멜리아 아일랜드는 리조트 호텔이었고 이곳은 시티 호텔이었다. 호텔의 위치에 따라 분위기와 역할은 확연히 달랐다. 국방부가 바로 앞에 있고, 미국의 수도 워싱턴 D.C.가 인접해 있어 대부분의 손님은 정부와 관련 있는 해외 유명 정치인과 경제인이었다. 소련의 수장이었던 미하일 고르바초프, 팔레스타인 지도자였던 야세르 아라파트, 그 외에 국제적 기업의 CEO와 장관들, 그리고 세계 각국 정상들이 자주 방문했다.

손님 층과 투숙 목적이 다르다 보니 서비스 스타일도 당연히 달랐다. 투숙객들은 시간에 쫓기고 빡빡한 일정을 소화해 내야 했다. VIP 라운지는 레스토랑과 항공편 예약 등 VIP가 필요로 하는 모든 서비스를 제공하는데, 시티 호텔이어서 이런 서비스 업무가 무척 많았다. 식사도 비즈니스 미팅으로 잡아야 할 정도로 시간이 무엇보다 중요한 분들이라 자칫 직원의 실수는 치명타가 될 수 있었다. 완벽함이 무엇보다 중시되는 근무지였다.

당시 리츠칼튼의 CEO인 호스트 슐츠는 유독 펜타곤 시티를 자주 찾았다. 아무래도 주요한 일정이 이곳에서 많이 이뤄졌기 때문이다. "한국에서 본 줄리아가 여기에 있네." 하며 반가워했다. 14세부터 호텔 일을 시작했다는 그는 냄새만 맡아도 호텔 상황을 안다는 이야기가 있을 정도로 호텔 운영에 정통했다.

대표가 오는 날에는 전 호텔에 비상이 걸렸다. 나 역시 서비스의 꽃으로 불리는 VIP층을 담당하는 만큼 매일 아침 전구 한 알 한 알을 닦아 더 빛나게 하고 객실 내 카펫의 결까지 신경 써서 청소하도록 지시했다. 매일 그에게 제공되는 스낵은 독일 브랜드 과자나 초콜릿으로 준비하고 그가 취침한 후인 자정에 퇴근하고 기상 전인 새벽 다섯 시에 출근했다. 떠나기 전날에는 다음 행선지의 날씨를 알아보고 프린트해 놓았다. 비단 슐츠뿐만

이 아니라 VIP층에 묵는 모든 손님에게 최상의 서비스를 제공하는 것이 나의 업무였다.

사우디아라비아의 공주는 정기적으로 펜타곤 시티를 방문했다. 천식이 심했던 공주는 1년에 한 차례 워싱턴 D.C.의 한 병원에서 진료를 받았다. 한 달 동안 공주가 투숙을 하면 호텔 1년 매상이 나온다 할 정도였다. 그러니 그녀는 그냥 VIP가 아니라 슈퍼 VVIP였다. 공주가 이곳에 올 때는 본국 사우디아라비아의 거주 환경을 그대로 옮겨 온다고 보면 된다. 많은 사람과 많은 물건이 함께 왔다. 딸 셋과 네 살배기 아들, 보모 여섯 명, 수행 비서 여덟 명, 주방 팀 여덟 명, 왕실 보디가드 열두 명과 친구까지 함께한다. 그녀는 VIP 세 개 층을 이용했다. 한 층은 스태프들이, 한 층은 보디가드와 곳곳에 설치된 카메라 등 보완 시설물 관제실이, 나머지 한 층에는 본인과 자녀들, 비서 팀이 머문다. 호텔 주방 한편은 공주의 주방 팀에게 할애되어 공주의 식사를 담당한다. 호텔은 공주의 만족스러운 투숙을 위해 그녀의 취향대로 카펫, 커튼, 벽의 페인트 색까지도 바꾼다.

공주가 머무는 동안엔 호텔에 몇 가지 규칙이 생긴다. 호텔 직원들은 절대로 공주를 똑바로 쳐다봐서는 안 되며 항상 머리를 30도 각도로 숙여야 한다. 하루는 공주가 병원 방문차 외출을 하는 날이었다. 로비에서 벨맨 한 명이 무심결에 공주를 또렷이 쳐다보았다. 평소 미국 사람들은 아이 콘택트를 중요시하는데 웬걸, 이 상황에서는 아이 콘택트는 취약이다. 이 벨맨은 공주가 떠날 때까지 로비에서 근무하지 못했다.

공주의 취침 패턴은 변덕스러운 날씨 같았다. 어떤 날은 밤새도록 깨어 있어서 아침 7시에 출근을 하면 온 사방이 훤하게 불이 켜져 있었고, 어떤 날은 오후 2시까지도 잠들어 있어서 소리 나지 않게 숨죽이며 일해야 했다. 나는 매일 아침 먼저 공주의 전날 밤 취침 상태를 보디가드를 통해 확인하고 상황에 맞는 시간별 업무 지시를 직원들에게 내렸다. 예를 들면 공주가 새벽에 잠든 날은 오전 출근자들에게 오후 2시부터 출근할 것을 알리고 공주가 병원에 가는 날에 맞춰 VIP 세 개 층을 대청소했다. 공주의 수행 비서 여덟 명 중 네 명은 필리핀 여성들이었다. 나는 그들에게 오랜만에 자국의 음식을 맛보게 해 주고 싶어서 주방에 근무하는 필리핀 직원에게 부탁해 몇 가지 음식을 만들어 제공했다.

공주가 머무는 동안 VIP층 직원들은 숨소리, 말소리, 발소리를 조심하는 것 외에는 특별히 할 일이 없었다. 다른 투숙객은 받지 않으므로 하루 다섯 차례 음식을 차려 낼 필요도 없고, 레스토랑 예약, 항공편 관련 업무 등 일상적으로 하는 컨시어지 업무 역시 없다. 오로지 공주의 심기를 안 건드리고 조용히 대기하는 것이 일상이었다.

드디어 공주가 떠나는 날, 나는 VIP층을 담당하는 매니저로서 용기를 내어 인사를 했다. 머리를 90도로 숙여 인사하고 60도만 들어 "편안히 지내셨기를 빕니다. 늘 건강 조심하시고 내년에 또 뵙겠습니다." 하고 작별 인사를 드렸다. 공주에게 들은 유일한 한마디. "땡큐."

손님 중에 남편의 학회 또는 미팅차 같이 동행하는 아내들이 있었다. 나는 그들이 혼자 심심하지 않도록 구경할 만한 장소와 쇼핑에 관한 모든 정보를 일자별로 마련해 제공했다. 아이들을 동반한 손님이 예약 명단에 있으면 주스와 간식거리, 색칠 공부 책과 크레파스를 준비했다. 이런 일들은 매뉴얼에 나와 있는 것은 아니었다. 내 스스로 투숙객들의 편의를 위해 준비하는 것이다.

리츠칼튼 호텔에서 일하는 동안 난 참 많은 손님들을 만났다. 유명 인사도 있었고 세계에서 손에 꼽히는 부호도 있었고, 평범한 사람들도 많았다. 그러나 내게는 다 같은 손님이었다.

질 거라는 걸 알면서도 링 위에 오른다는 것

　　어릴 때 본 영화 〈록키〉는 꽤 오래된 영화지만 지금도 영화를 다시 보는 팬들이 많다. 1976년 작품이어서 영화를 안 본 사람은 많겠지만 아마도 사운드트랙을 안 들어 본 사람은 없을 것 같다. 빰! 빰빰빰! 빰빰빰! 빰빰빠암! 들리는가? 3류 복서 록키가 필라델피아 미술관 앞 계단을 뛰어다니는 장면에서 이 음악이 경쾌하게 깔린다. 지금도 필라델피아 미술관 계단에서는 관광객들이 록키 흉내를 내며 즐거워한다고 한다. 세계 챔피언과 한 번 붙어 볼 기회를 가진 3류 복서가 열심히 노력해서 결국 지는 이 영화의 스토리는 성공 신화를 기대한 사람에게는 꽤 허무하게 보일 수도 있다. 영화 속에서 록키는 자신이 세계 챔피언보다 부족하다는 걸 안다. 내가 그 영화를 좋아하는 지점이다. 자기가 부족하다는 걸 알면서도 마지막까지 최선을 다하는 그 자세 때문에 감동은 배가 된다. 우리 삶도 그렇지 않은가. 질 걸 알지만 그래도 하는 데까지 해 보고 눈을 질끈 감고 링 위에 오르는 것. 내 삶도 그랬다.

특별한 재능도 능력도 없는 나는 언제라도 대체 가능한 존재라고 생각했기 때문에 수고스럽게 살지 않으면 내게 돌아올 자리는 없을 거라 생각했다.

운 좋게 기회를 잡아 물 건너 미국에 오기는 했지만 학창 시절부터 나를 괴롭힌 영어는 여기 와서까지 나를 힘들게 했다. Stationery 사건 이후부터 뭔가 내가 맡은 일에 문제가 생기면 은연중에 내 영어 실력을 탓하는 시선을 느껴야 했다. 언어라는 게 하루아침에 술술 나오는 것이 아니기 때문에 영어가 완벽해지기 전까진 몸으로 때우는 수밖에 없었다.

호텔 일이 컴퓨터나 기계로 하는 일이 아니고 사람과 사람이 만나 언어로 소통하는 일이 기본이다 보니 영어를 잘 못하는 것은 무능력이면서 민폐이기도 했다. 그래서 나는 이 약점을 행동으로 보완하려 남들이 하기 꺼려하는 일을 도맡아 했다. 무거운 박스를 옮기기 싫어하는 동료들 대신에 번쩍번쩍 박스를 들었고, 지하 창고까지 내려가는 것이 귀찮은 이들을 위해 자처해서 서비스를 했다. 남들이 하기 꺼려하는 육체노동으로 셀프 서비스를 하고 싫은 일을 척척 해결해 주니 당연히 동료들의 호감도가 높아졌다. 나라고 좋아서 하는 것은 아니었다. 적어도 동료들에게 폐를 끼치기는 싫어서 내 방식대로 최선을 다한 것이다. 무거운 물건 들기, 오래 근무하기, 휴일과 공휴일에 근무하기, 갑작스런 병가나 휴무로 구멍 난 스케줄 때우기는 나의 특기가 되었다. 17년 동안 크리스마스, 추수 감사절 같은 명절, 공휴일, 연휴는 물론이고 21일 동안 휴무 없이 일했으며 하루 15시간에서 40시간을 일하기도 했다. 나는 양적으로 일하는 것에는 자신이 있다. 운동은 따로 안 하지만 남들보다 근력과 지구력이 좋다. 공깃밥 세 공기를 꽉 채워 먹고도 살이 찌지 않았던 것은 20년 가까이 단련해 온 육체노동의 결과다.

몸으로 때우는 나를 두고 누군가는 요령이 없다고, 일머리가 없다고 할지도 모르겠다. 그러나 일은 한 만큼 는다고 생각한다. 머리로 하는 일의 능력도 중요하지만 몸이 기억하는 일의 능력도 무시할 수 없다. 모든 창고를 누비다 보니 내 머리에는 자동적으로 창고 지도가 그려졌다. 무슨 창고에 뭐가 있고 어디 가야 무엇을 찾을 수 있는지 금방 알았기 때문에 물건을 찾느라 시간을 허비하는 일도 없고 동료들이 물어볼 때마다 척척 대답하고 찾아 주는 도우미가 됐다.

그런데 육체노동으로 대체할 수 없는 것이 딱 한 가지가 있었다. 바로 전화 받기였다. 얼굴을 보고 말을 하면 상대의 표정이나 분위기 같은 비언어적 표현으로 눈치껏 파악할 수 있지만, 전화는 상대의 모습이 보이지 않으니 눈치가 통하지 않는다. 전화로 들리는 소리는 뭉쳐서 들리거나 음질 상태에 따라 끊겨 들리기도 해서 한국말로도 가끔 잘 알아듣기 힘들 때도 있다. 그러니 전화로 들리는 영어는 나에겐 그냥 웅얼웅얼하는 소리였다. 소리일 뿐 언어가 아니었다. 사람마다 악센트도 다르고 표현법도 다르니 더욱 어려웠다. 특히 남부 악센트가 섞인 동료들의 전화 속 영어는 이해 불가였다.

나는 3개월 동안 전화벨이 울리면 도망을 갔고 6개월이 될 때까지도 가능하면 전화 업무를 피해 다녔다. 주로 2인 1조로 근무를 하니까 전화가 오면 슬쩍 자리를 피해 동료가 받도록 했다. 문제가 되는 건 동료가 없을 때 어쩔 수 없이 전화를 받아야 하는 상황이었다. 언제까지고 전화를 남에게 미루며 피할 수는 없는 노릇이었다. 손님들이 빠르게 쏟아 내는 말은 한 번에 알아듣는 것이 어려웠다. 항상 메모지를 두고 포인트가 되는 말을 적으며 손님에게 내가 알아들은 내용을 되물어 확인했다. 내 나름의 생존 전략이었다. 대학 은사님은 이런 나를 두고 "주현이는 이빨이 없으면서 잇몸으로 더 잘 씹으며 산다."라고 말씀하셨다. 일을 수행하는 데 적합한 능력도 기술도 없으면서 어찌어찌 해나간다는 비유였다.

재차 되물으며 정확하게 손님의 필요를 파악하고 제공하는 것이 습관이 되면서 직접 대면하는 손님들에게도 완벽한 서비스를 제공하려고 노력했다. 음식을 주문받는 것은 생각보다 쉽지 않았다. VIP 라운지를 활용하는 손님들은 이미 차려진 음식과 음료를 셀프 서비스로 이용하는데 특별한 칵테일이나 라운지에 없는 음식을 요청할 경우에는 여지없이 그들과 대화를 해야 한다. 가령 건포도를 달라고 하는 손님에게는 혹시라도 땅콩도 달라는 말을 못 들었을까 봐 견과류까지 둘 다 같이 내갔다. 커피에 대해 뭐라고 주문을 하면 나는 아예 데운 우유, 크림, 백설탕, 황설탕, 무설탕 감미료까지 모두 제공했다. 아이들이 오면 요청하기 전에 사과주스 같은 음료와 음식을 알아서 준비했다. 손님들은 말 안 해도 풀 패키지가 나오는 나의 서비스에 매우 만족했다.

과한 것이 모자란 것보다 낫다는 생각에 항상 모든 것을 준비했다. 음식뿐만 아니라 다른 서비스도 마찬가지였다. 복사지 같은 편지지 크기의 종이를 원하면 엽서 크기의 메모 카드도 같이 드렸다. 항상 '하나 더 서비스'가 나의 대응 방안이었다. 근무 시간 내내 항상 준비, 대기의 상태에 있었다.

그 때문인지 입사 후 6개월 만에 영어가 부족한 내가 VIP층 부매니저가 되었다. 이런 빠른 승진은 호텔에서 처음이었다. 리츠칼튼의 정신인 '손님이 말하기 전에 미리 서비스하기'가 내 노력과 맞아떨어진 결과였다. 언어가 아니라 순전히 감각으로, 눈치로 업무를 봐야 했기에 그 피로는 배가 됐지만 사람을 살피는 기술은 몇 배 더 증가했다.

영어 실력만 봤더라면 내가 부매니저가 될 일은 없었을 것이다. 그렇지만 질 거라는 걸 안다고 해서 링 위에 오르지 않는 복서는 없겠지. 중요한 건 링 위에 오르는 거니까. 질 것 같을 때, 세상이 너무 커 보이기만 할 때, 당신도 이런 마음을 가졌으면 좋겠다.

다시는 가지 않으리라 마음먹었던 것을 돌아볼 때

말보다는 행동이 앞서는 나의 서비스 방식은 손님에게 좋은
호응을 받았다. 아멜리아 아일랜드에 근무하던 시절부터 펜타
곤 시티에서 일할 때까지 나는 어딜 가든 고객 카드를 가장 많이
받은 사원으로 꼽혔다. 손 글씨로 적은 손님들의 카드와 편지는
20년이 지나 빛이 바랬지만 여전히 나의 보물 1호다.

리츠칼튼 호텔의 손님들은 부지런히 고객 카드를 썼다. 좋은
점, 나쁜 점, 개선할 점, 보완할 점 등 가감 없이 의견을 냈고 직원
들에 대한 평가도 빠뜨리지 않았다. 나는 고객 카드를 가장 많이
받은 '고객 카드 퀸'이었다. 8세 어린이부터 나이 많은 단골손님
까지 많은 손님들이 카드와 편지를 주었다. 스트레스가 쌓이고

호텔업에 회의가 들 때마다 나는 이 카드와 편지들을 꺼내 보았다. 자리에 앉아 상자 속에 담긴 카드들을 하나씩 읽고 나면 다시 일하러 갈 에너지가 생겼다.

친절하고 교양 있는 손님들도 많지만 호텔은 뭐든 다 해 주어야 한다는 진상 손님, 까칠하고 불평불만에 요구사항 많은 손님들을 대할 때면 '이 일을 왜 하나, 그만둬야지' 하고 하루에도 몇 번씩 되뇌었다. 육체적으로 하루 종일 서 있는 것도 힘들었지만 감정적 노동 탓에 정신적인 스트레스가 심했다. 그렇다고 손님을 원망할 수도 없었다. 당시 리츠칼튼 호텔의 투숙료는 상당히 비쌌고 VIP 라운지 층은 더 비쌌다. 지불한 만큼 서비스를 받고자 하는 손님을 나무랄 수도 없는 노릇이었다.

오랫동안 제대로 된 휴식을 취하지 못하다 보니 신경 쇠약에 걸릴 만큼 피로가 누적되었다. 정갈한 모습에 잘 다려진 유니폼을 입은 직원들이 손님 눈에는 근사하게 보일지 모르겠지만, 사실 다른 사람이 자고 난 자리를 치우고 남들이 먹던 걸 정리하는 게 호텔과 레스토랑의 기본적인 일이다. 철저한 서비스가 몸에 배어 있다 보니 일상생활에서도 내 직업병을 감출 수 없었다. 가게 상점 문을 열고 닫을 때도 도어맨처럼 문을 잡고 서 있거나 어디를 가도 내가 직원처럼 주위를 치우곤 했다. 조금 병

적일 정도였다.

일에 피로감이 높아지고 참을성에 한계를 느끼고 있을 즈음 리츠칼튼이 새로운 변화에 나선다는 말이 들리기 시작했다. 리츠칼튼이 메리어트와 합병한다는 소식이었다. 리츠칼튼은 단일 회사여서 규모가 크지 않아 바잉 파워가 필요했고, 메리어트는 명성이 필요했기 때문이다. 예전처럼 개인 서비스를 중시하던 사내 분위기도 점점 변했다. 리츠칼튼에서 내가 손님들에게 제공할 수 있는 서비스가 제한됐다. VIP 라운지에서 손님들에게 나가는 음식 가짓수가 줄고 품질이 낮아졌다. 하루에 와인을 100박스를 써도 뭐라고 하지 않았던 호텔이었는데 이제 손님에게 서비스로 제공하는 것도 눈치를 봐 가며 아껴야 했다. 조직 문화가 바뀌고 체력이 완전히 소진되면서 정신적 스트레스도 한도가 꽉 차 버렸다.

결국 나는 리츠칼튼을 퇴사했다. 과감한 결정이었다. 다시는 호텔로 돌아가지 않겠다는 굳은 결심까지 했다. 내 작은 집을 정리하고 큰고모가 계시는 시애틀로 옮겼다. 고모 두 분이 독일과 미국에 사신 덕분에 신세를 질 수 있었다. 제 버릇 남 못 준다고 호텔은 그만두었지만 지인이 운영하는 동남아시아 식당인 이스트 앤 웨스트 카페East&West Cafe에서 오후와 주말에 파트타임으로 일했다. 5년이 지난 미국 생활에도 늘 영어에 대한 부족함을 느껴 오전에는 시애틀 대학에서 어학 코스를 들었다. 어느덧 3년이 흘렀다.

어느 날 저녁, 집안 정리를 하다가 리츠칼튼에서 손님에게 받았던 카드를 모아 둔 상자를 발견했다. 긴 시간 동안 쌓여 있었던 편지들. '한동안 보지 않았었지…….' 나는 자리에 앉아 편지를 하나씩 꺼내 읽었다.

줄리아, 우리 집에 꼭 놀러 와요!

줄리아가 있어서 나의 출장이 무척 즐거웠습니다.

줄리아, 다른 곳에 가지 말아요.

줄리아가 없는 아멜리아섬은 가고 싶지 않네요. 그리워요, 줄리아.

감회가 밀려왔다. 스트레스를 견디며 힘든 시간을 보냈던 호텔이었지만 손님들 때문에 기쁘고 보람을 느낄 수 있었던 곳도 호텔이었다.

나는 주로 객실부 VIP 컨시어지 담당을 맡았던 만큼 손님들을 가장 가까이에서 챙겨 왔다. 호텔의 보이지 않는 곳에서 일하며 편의를 책임지는 사람들도 많지만 언제 어디서든 손님들이 원하는 서비스를 제공할 수 있도록 조율하는 것이 내 역할이었다. 다른 직무에 비해 손님들과 직접적으로 부딪히며 서비스하는 일이 대부분이었다.

한 달에 한 번씩 방문하는 손님은 친구 같았고 오랜만에 출장을 오는 손님은 멀리서 찾아온 친척 같았다. 손님들을 심정적으로 가까이 느끼면서 나는 'Welcome Home!(집에 돌아오신 걸 환영합니다)'이라는 멘트로 손님을 맞았다. 호텔은 손님들에게 낯선 도시의 차가운 콘크리트 건물일 수 있다. 내 동네가 아닌, 내 집이 아닌, 내 가족이 없는 냉기가 흐르는 곳 말이다. 이런 곳을 친구가 있고 가족이 있는 집처럼 느끼길 바랐다. 이러한 관계가 나와 손님의 관계였다.

다시는 가지 않으리라 마음먹었던 호텔에 대한 마음이 다시 차올랐다. 절대 다시는 일하지 않겠다고 다짐했던 그곳이 바로 내가 있을 곳이라는 생각이 들었다.

그렇지만 다시 돌아가도 괜찮을까? 호텔을 떠난 지 3년이 되었다. 이대로 복귀하면 손님들에게 더 나은 서비스를 제공할 수 있을까? 물음표가 찍혔다. 내 손님들에게 더 나은 모습으로 복귀하고 싶었다. 나를 업그레이드해서 돌아가고 싶었다. 어떻게 하면 더 나아질 수 있을까?

나는 좀 더 세부적인 전문 분야로서 호텔 경영학을 공부하고 싶어졌다. 실무는 4년 넘게 경험했으나 좀 더 체계적으로 호텔 운영에 대해 배우고 싶었다. 알아보니 호텔 경영학 분야에서 최고로 인정받는 코넬 대학교 호텔 경영학과에 2년 석사 과정이 있었다. 대학교를 졸업한 지 10년이 지났는데 다시 공부를 할 수 있을까? 그것도 한국어가 아닌 영어로?

손님들에게 받은 카드들을 다시 찬찬히 보았다. 호텔로 다시 돌아가야 할 이유가 거기에 있었다.

2부

———————————————————————————

나마저 나를 포기할 수는 없으니까

아무도 내 편이 되어 주지 않는다면

호텔로 돌아가자! 결심이 서자 업그레이드된 나를 보여 주고 싶은 마음이 뜨거워졌다. 이를테면 세계에서 호텔과 외식업 분야에서 압도적인 1위를 자랑하는 코넬 대학원에서 공부를 하는 것! 호텔에서 일하고 싶은 사람들은 모두 코넬 대학원을 꿈꾸었다. 이곳을 나온다면 어깨를 당당하게 펴고 호텔로 돌아갈 수 있을 것 같았다.

그런데 내가 과연 코넬 대학원에 들어갈 수 있을까? 두려움이 앞섰다. 코넬 대학원에 들어가기 위해서는 공인 영어 시험 점수도 높아야 했고, 수준 높은 에세이도 제출해야 했다. 난이도가 높다는 인터뷰를 떠올리기만 해도 영어가 걱정이었다. 해외에서 호텔과 외식업에 종사했다고 하면 외국에서 태어난 네이티브라고 오해하곤 한다. 적어도 학교 다닐 때부터 공부에 두각을 나타냈다거나 그것도 아니라면 유달리 언어에 재능이 있지는 않았냐고 묻는다.

그러나 대학 입학 학력고사 때 내 영어 점수는 60점 만점에 22점이었다. 찍어도 이보단 나은 점수를 받았을 것이다. 모든 과목 중 영어를 가장 못했다. 그런 내가 해외에 나와 산다고 해서 영어가 저절로 유창할 리 만무했다. 호텔에서 일하며 생활한 덕분에 일상 회화는 어느 정도 터득했지만 시험에는 거의 도움이 되지 않았다. 학술적이고 전문적인 영어 실력을 갖추어야 했다.

한국에 잠시 귀국해 일단 입학에 필요한 시험인 토플과 글로벌 경영 석사에 필요한 GMAT 시험 학원에 등록했다. 토플과 GMAT 학원에 다니는 학생들은 우리나라에서도 한가락 하는 사람들이었다. 좋은 대학 출신에 영어 실력도 출중했다. 그곳에서 나는 미운 오리 새끼였다. 혼자 수업을 못 알아듣는 일이 부지기수였다. 한번은 같이 수업을 듣는 학생이 물었다.

"누나, 오지 몇 번 봤어요? 저는 세 번 봤는데 더 봐야 할 거 같아요."

"응? 오지? 오지가 뭔데?"

오지가 뭐지? 내가 모르는 새로운 용어인가? 어리둥절해하는 나를 두고 그는 싸늘하게 돌아섰다. 오지가 뭐냐는 내 질문에 답도 주지 않았다. 낯이 뜨거웠다. 아마 오지가 뭔지도 모르는 나와의 대화는 가치가 없다고 판단했던 게 아닐까? 대체 그 놈의 오지가 뭔지 알아내야겠다 싶었다. 학원이 끝나자마자 서점에 들렀다.

"오지를 찾고 있는데요."

"오지요?

서점 직원이 건네준 건 오피셜 가이드 'Official Guide'라고 적힌 책이었다. 영어 시험 주최 기관이 시험을 시행하기 전에 어떤 식으로 문제가 출제된다는 것을 알리기 위해 출판한 공식 가이드북이다. 오지가 그 약자인 줄 몰랐던 나는 그 책이 아니라 '오지'를 찾고 있다고 다시 물었다.

"아뇨, 이 책 말고 '오지'라는 걸 찾고 있어요."

"오지? 그게 뭔지 모르겠는데요."

"그래요? 여기 없나 보네요."

다른 서점으로 발길을 돌렸다. 두 번째 서점에서도 직원이 건네준 건 오피셜 가이드였다. 이번에도 손사래를 치고 세 번째 서점으로 갔다. 세 번째 서점에서도 직원이 같은 책을 건네주자

아차! 싶었다. 오피셜 가이드의 앞 자를 따서 OG라고 부른 거였구나. 세상에. 그런 줄도 모르고 반나절을 서점을 돌아다니다니.

오지가 뭔지 몰라 발품을 판 사람은 아마 나밖에 없었을 거다. 영어를 잘 못하니 첩첩산중이었다. MBA 학원 수학 수업 시간에 선생님이 '롸이트 트라이앵글Right triangle'이라고 말씀을 하셨다. 나는 교재 오른쪽에 삼각형이 있나 유심히 찾았다. 내 교재에는 도형 그림은 존재하지 않았다. 손을 들어 선생님께 말했다.

"제 책에는 삼각형 그림이 없습니다. 파본인 것 같습니다."

교실은 웃음은커녕 잠시 침묵이 흘렀다.

'롸이트 트라이앵글'은 오른쪽 페이지에 삼각형이 아니라 직각 삼각형의 영어 표현이었던 것이다.

학원에서 학생들끼리 하는 스터디에도 처음엔 끼지 못했다. 학원도 이익 집단인지라 내가 줄 수 있는 정보가 있어야 정보를 주고받는 모임에 끼워 준다. 너 얼마큼 알아? 나 이만큼 알아. 그럼 알고 있는 걸 나눠 볼래? 그런 게 스터디 모임이었다. 소위 수준이 맞아야 된다는 것이다. 줄 게 없는 나는 스터디 멤버들을 위해 집에서 싸 간 샌드위치를 주면서 모임에 합류했다.

아무리 공부해도 도통 이해가 되지 않았다. 보는 사람들도 답답했던지 학원 원장이 이제 그만 나오는 건 어떻겠냐고 물어볼 정도였다. 나는 학원만 나오게 해 달라고 사정했다. 학원 원장도 포기한 나지만, 나만큼은 나를 포기할 수가 없었다. 이해가 안 되고 외워지지 않으니 눈에 익도록 수천 번 같은 문제를 풀었다. 아니 풀었다기보다 눈으로 봤다는 표현이 맞겠다. 수학 문제는 3천 문제쯤 봤다. 남들은 한 번 듣는 학원 수업을 오전에 듣고 오후에 또 들었다. 같은 선생님의 같은 수업을 주말에 또 들었다. 금요일 저녁에 무거운 가방을 메고 지문을 통으로 외우면서 집으로 돌아가는 길에 펍에서 노는 사람들을 보면 부러워 눈물이 찔끔 났다.

하늘이 도운 걸까? 시험 날, 그렇게 보고 또 본 비슷한 문제들이 많이 나왔다. 브라보! 겨우 입학 지원을 할 수 있을 정도의 점수가 나왔다. 턱걸이를 간신히 넘긴 점수였지만 지문도 이해 못 했던 나로서는 더 바랄 것이 없는 기쁜 점수였다. 함께 공부했던 학생들도, 심지어 가르치던 선생님들도 내가 지원 가능한 점수를 따낼 거라고는 상상하지도 못했다.

지금 생각해 보면 이해가 되지 않아도 계속 문제를 보았던 게 도움이 되었던 것 같다. 세상은 자꾸만 나에게 안 된다고, 아닐 거라고, 하지 말라고 말하곤 했다. 나도 나를 내려놓고 세상의 편에 서고 싶을 때가 있었다. 난 안 될 거라고 중얼거리면서. 포기하면 편하다고 나를 달래면서. 그렇지만 세상에서 마지막까지 내 편이 되어 주어야 하는 건 배우자나 부모님만은 아니다. 누구보다 나 자신이 내 편이 되어 주어야 하지 않을까? 나는 마지막까지 나를 변호하고 싶었다. 이제 코넬 대학원에 원서를 넣을 자격이 생겼다.

모두가 하나마나, 보나마나라고 말할 때

"넣지 마. 보나마나 탈락이야."

코넬 대학원에 원서를 넣겠다고 할 때 친구들은 그렇게 말했다.

학원 선생님도 반대했다.

"그 점수로? 에세이도 직접 쓰면서? 원서비가 아깝지 않아요?"

영어 성적을 간신히 넘긴 기쁨도 잠시, 선생님들은 나를 말렸다. 그 성적으로는 소위 '광속 탈락'한다는 게 이유였다. 하지만 서른이 넘어서 가는 학교인데 세계 최고라는 코넬 대학원이 아니면 시간과 돈 낭비라는 생각이 들었다. 당연히? 보나마나 탈락이라고? 그건 해 보지 않으면 모르는 일 아닌가?

선생님들이 만류했어도 나는 에세이를 직접 썼다. 대개 해외 대학을 준비하는 학생들의 에세이는 학원 선생님의 지도하에 문법과 내용이 완벽한 작품으로 탄생한다. 그러나 나는 진정성을 보여 주고 싶었다. 에세이는 리더십 경험이나 성취 혹은 실패에 대해 쓸 수 있었다. 대부분의 사람들은 자신이 이룬 성취에 대해 쓴다. MBA 하러 미국까지 오는 사람들, 특히 코넬 대학원에 오는 사람들치고 개인적인 성취 없는 사람이 없으니까.

그러나 학교 다니며 반장 한 번 해 보지 못한 내 에세이 주제는 실패였다. 온통 실패담이 가득했다. 자랑으로 가득 차도 모자를 자기소개 에세이에 실패담만 가득 쓴 사람은 나밖에 없었을 거다. 실패담 뒤에 내가 얻은 배움도 적었다. 실패는 내게 새로운 가능성을 열어 준 문이었다. 그게 내 진정성이었다. 어렵게 쓴 에세이를 출력해서 봉투에 넣었다. 그리고 한 가지를 더 넣었다. 바로 호텔에서 일하면서 손님들에게 받았던 카드와 편지들의 사본이었다.

사실 입학 원서 제출 시 규정된 자료 이외의 것을 보내는 건 금지다. 심지어 자료들에 철심을 박아서도 안 된다. 서류들을 묶고 싶다면 종이 클립만 써야 한다. 어차피 떨어질 학교, 나의 간절함이라도 보여 주자! 바로 쓰레기통으로 직행할 고객 카드와 편지는 내 점수 이상으로 나를 대변하는 것이었다. 당시 입학 심사단은 내 자료가 희한해서 버리지 않고 읽었다고 한다. 점수는 최고점이 아니었지만 함께 제출한 자료가 독특한 탓에 심사 위원들 사이에서도 설왕설래가 이어졌고, 결국 내 입학 여부는 학과장이 직접 심사하게 되었다. 내가 보낸 자료 덕분이라기보다는 내 절실함이 느껴진 게 아닐까 생각한다.

일반적으로 인터뷰를 하기 전에 담당 교수가 어떤 질문을 하는지에 대한 족보가 공유된다. 그러나 학과장이 인터뷰를 한 전례가 없었으므로 나는 무방비 상태로 인터뷰에 응했다. 점수도, 에세이도 별 볼 일 없는 나를 인터뷰할 학과장에게 죄송해서 나는 인터넷으로 그분의 기본 정보를 검색하고 갔다. 내가 할 수 있는 최소한의 예의였고 고마움의 표시였다.

눈이 많이 내린 다음 날, 인터뷰를 하러 이타카Ithaca에 갔다. 온 세상이 하얀 눈으로 뒤덮인 이 조용한 도시에 간 날은 나의 생일날이었다.

"왜 코넬 대학원에 오고 싶죠?"

"독일 호텔에서 피아니스트로 일했던데, 그때 보던 호텔과 직접 본 호텔은 어떤 게 다르죠?"

"제 연구를 관심 있게 본 것 같던데, 어떤 점이 인상적이었나요?"

학과장 카임스 교수님의 질문에 대답을 잘한 건지 못한 건지 알 수가 없었다. 집에 돌아오는 길에 이것으로 마지막이구나 싶었다. 표정을 읽을 수 없었던 교수, 실패담으로 가득한 에세이, 커트라인을 간신히 넘긴 영어 점수. 모든 징조가 좋지 않았다. 씁쓸한 생일날로 기억에 남을 게 분명했다. 나는 돌아서며 중얼거렸다.

"학교 구경 잘 하고 갑니다."

학원 우리 반에서 MBA를 준비한 사람은 모두 13명이었다. 그중에서 단 두 명만이 MBA 과정에 합격했다. 나와 또 다른 학생 한 명. 오지를 세 번 탐독한 학생도, 다섯 번 독파한 학생도 다 불합격 통지를 받았다. 학원을 그만 다니는 게 어떻겠냐고, 어차피 떨어질 원서를 왜 쓰냐고, 오지가 뭔지도 모르는 사람을 스터디에 끼워 줄 수 없다는 말을 들었던 나는 붙고, 학벌도 영어 점수도 우수했던 사람들은 떨어졌다.

나중에 학과장이 '하주현은 처음과 끝이 같은 사람'이라고 했다는 말을 들었다. 에세이를 쓴 걸 보고, 내가 함께 제출한 고객 카드를 읽고, 또 직접 만나 보니 그 세 사람이 모두 같은 사람이라는 걸 알겠다고 했단다. 고객 카드를 모으고, 실패담을 쓰고, 떨며 인터뷰를 본 사람이 한 사람이었다는 게 입학 성공의 포인트였다.

살다 보면 누군가는 이런 말을 해 줄 것이다.

"기분 나쁘게 생각하지 말고 들어. 사실 네 목표는 현실 가능성이 없어."

"내가 널 아끼니까 말해 주는 거야. 그거 아마 안 될 거야."

"자기를 잘 파악하는 게 중요해. 수준을 알아야 한다는 거지."

그 사람의 진심과는 별개로, 이런 말들은 사람을 쉽게 주눅 들게 한다. 하나마나야. 혹은 보나마나야라는 말. 모두가 그렇게 말할 때, 스스로를 격려해 줄 사람이 나 자신밖에 없을 때, 그럴 때 당신에게 응원의 말을 건네고 싶다. 자기 객관성이 중요하다고, 주제 파악하라는 말에 언제나 귀를 기울일 필요는 없는 것 같다. 그렇게, 나는 코넬 대학원에 입학했다.

엄마는 왜 그때 그렇게 말해 주지 않았을까

"어렸을 때부터 뭘 해도 제대로 하는 게 하나도 없었어. 엄마의 기대에 부응한 적이 없지."

일본 드라마 〈나기의 휴식〉에 보면 엄마가 딸에게 이렇게 말하는 장면이 나온다. 그 드라마를 보며 나는 우리 엄마를 보는 줄 알았다. 우리 엄마라면 정말 딱 그렇게 말하셨을 테니까. 이런 교육 방침 때문에 나는 칭찬을 듣는 일에 익숙하지 못했다. 누가 칭찬을 해도 아니라고 손사래를 쳤다. 사소한 일도 자랑하는 미국 사람들은 내 태도를 이상하게 봤다.

"줄리아, 오늘 옷을 아주 예쁘게 입었네요."

"아니에요. 예쁘지 않아요."

누군가 칭찬하면 나는 강하게 부정했다. 칭찬에 그렇게 답하니 사람들은 내가 부정적인 사람이라고 생각했다. 아마 미국인이라면 이렇게 답했을 것이다.

"고마워요. 이 앞에 쇼핑몰에서 샀어요!"

그러나 나는 누가 그렇게 칭찬하면 할 말이 너무 없어서 그러는 거라고 받아들였다. 칭찬받는 일에 익숙하지 않았기 때문이다.

엄마는 칼 같은 사람이었다. 보수적인 분이라 남아 선호 사상이 강했고, 여자는 빨리 결혼해서 아이를 잘 키우는 게 숙명이라고 생각하는 분이셨다. 당연히 늦게까지 결혼도 하지 않고 미국에서 일하는 내가 성에 찰 리 없었다. 미국에 일하러 갈 때도 적극적으로 반대 의사를 표하며 아무것도 도와주지 않으셨고, 미국에서 내가 자리를 잡아 갈 때도 믿고 응원하기보다 늘 불안해하셨다.

"너는 누구를 닮아서 키가 그렇게 크고 얼굴이 못났니."

"아들들 학교 보낼 때는 학교만 보내면 무조건 일 등을 하는 건 줄 알았는데. 딸 보니까 아니네."

"너를 보고 일 등이 귀한 줄 알았어."

어릴 적에 엄마가 늘 하던 말이었다. 나는 늘 일 등을 하던 오빠들에 비해 부족한 딸이었다. 오빠들은 학교에서만 일 등을 한 게 아니라 전국에서도 성적으로 손에 꼽았다. 그러니 평범한 성적에 반장 한 번 못 했던 내가 엄마 눈에 찰 리 없었다.

'나는 오빠들에 비해 부족해.'

'나는 남들보다 못한 대우를 받는 게 당연해.'

비가 오는 날에도 우산은 내가 챙기는 것이었고, 아침에도 한 번 '일어나라'라고 말하고는 다시 돌아보지 않는 엄마. 어릴 때부터 나는 누가 나를 보는 게 창피해서 어깨를 구부정하게 굽히고 고개를 숙이고 다녔다. 미인인 엄마에 비해 나는 잘난 것이 없는 사람 같았다. 피아노를 좋아해서 음대를 가고 싶었지만 엄마는 내가 재능이 없다고 딱 잘라 말하셨다. 남들도 다 피아노를 치는데 너 정도의 실력은 경쟁력이 없다고 하셨다. 결국 피아노는 영원히 취미로 남았다.

그렇다고 엄마가 내가 선택한 직업을 인정해 주는 것도 아니었다. 엄마는 내가 의사나 선생님이 되길 원하셨기에 평생 내가 그 일에 종사하는 걸 못마땅해했다.

"정말 칭찬받은 게 맞니? 네가 칭찬받았다고 착각하는 건 아니고?"

내가 매니저로 승진을 하거나 좋은 자리로 옮겨서 자랑을 해도 엄마는 못 미더워하셨다.

"코넬? 정말 거기에 합격한 게 맞니? 다시 알아봐라."

코넬 대학원에 합격해서 기쁜 마음으로 소식을 전했을 때도 엄마는 내가 뭔가 잘못 안 건 아닌지 걱정부터 하셨다.

엄마의 인정을 받지 못하며 자랐다고 하면 안타까운 눈길을 보낸다. 물론 엄마가 나를 좀 더 칭찬해 주었다면 어땠을까 생각해 보곤 한다. 굽은 어깨도 펴졌을 거고, 좀 더 많은 사람에게 당연한 사랑을 받았을 것이다. 그러나 엄마의 교육 방침이 무조건 내게 나쁜 영향만 미쳤던 것은 아니었다. 엄마의 불안과 걱정 때문에 나는 늘 다른 사람보다 배로 노력했다. 남들보다 더 일찍 출근하고 더 늦게 퇴근했다. 이십 년이 넘는 세월 동안 일을 했지만 휴일에 쉰 날은 손에 꼽는다. 남들은 힘들다고 기피하는 일을 자청해서 떠맡았다. 누구도 손대지 않는 일은 내 차지였다. 그러다 보니 나도 모르는 새 인정을 받고 있었다. 겸손한 태도는 우리나라에서 일할 때는 도움이 되었다. 남들보다 참을성도 많았고 억울한 일이 생겨도 바로 그만두거나 항의하지 않고 꾹 참고 사태를 지켜볼 수 있었다.

안 좋은 일이 생기면 내가 잘못한 건 없는지 나를 먼저 돌아봤다. 힘든 일이 생겨도 남들보다 버틸 근육이 많았다. 엄마가 나를 오냐오냐 칭찬만 하며 키웠더라면 그 힘든 미국 생활을 버티지 못했을 것이고 남들이 해 보지 못한 경험을 얻을 일도 없지 않았을까?

엄마는 74세에 돌아가셨다. 예상하지 못한 죽음이었지만 나는 무너지지 않았다. 엄마가 나를 강인하게 키울 때는 그게 서럽기도 했지만, 그 덕분에 나는 내 자신을 잘 추스르면서 앞으로 나아갈 수 있었다고 생각한다. 나쁘다고 생각했던 것이 지금 돌아보니 모두 나쁘기만 한 건 없었다. 엄마에게 나는 '안에서 새는 바가지'였기 때문에 '밖에서는 새지 않는 바가지'가 될 수 있었다.

뜻하지 않은 행운을 의연히 받아들이기

코넬 대학원에서 1년, 나는 곧 여름 방학을 맞았다. 방학 동안에는 학교에서 배운 이론을 경험하기 위해 현장 인턴 경험을 쌓아야 했다. 방학 3개월 정도, 경력에 도움을 얻기 위한 필수 과정이다. 나는 나의 멘토 교수님이셨던 카니나 교수님의 추천으로 뉴욕 팰리스 호텔에서 인턴십을 시작하였다.

나는 언젠가 총지배인이 되고 싶었다. 그런 만큼 이번 기회를 살려 식음료 분야를 알아야겠다고 생각했다. 리츠칼튼에서는 객실부 소속으로 VIP 라운지에서 근무하다 보니 컨시어지 업무가 주를 이뤘다. 호텔에서 식음료부는 중요한 파트인데 아직 전문적으로 경험한 적이 없어 좀 더 깊이 알 필요가 있었다. 총지배인은 당연히 객실부와 식음료부를 모두 아우르고 있어야 한다. 식음료 파트의 수장이 총지배인이 되는 경우도 다수다.

지금은 여성의 사회 진출이 비교적 많아졌지만 당시에는 여자 총지배인이 전 세계 3%밖에 되지 않았다. 더욱이 교포도 아닌 토종 한국인이 총지배인을 꿈꾸는 건 호텔업계에서 그리 흔한 일은 아니어서 남들의 수배 이상으로 노력해야만 한다고 생각했다.

뉴욕 팰리스 호텔 식음부 인턴인 나의 첫 프로젝트는 로비에 있는 호텔의 메인 레스토랑, 이스타나Istana의 신메뉴 제안이었다. 아마 새로운 아이디어를 보고 싶은 모양이었다. 신메뉴라니! 걱정이 앞섰다. 내 입맛은 보리밥에 열무김치, 된장찌개와 김치찌개 마니아인 토종 한국인이었으니까. 해외 물을 좀 먹었다고 해서 이십 년 넘게 길들여진 입맛이 변하진 않았다. 어떻게 하지? 어떻게 하긴! 미국인이 김치를 담그려면 일단 김치 맛을 알아야 하듯, 그들의 음식을 알려면 양식을 먹어 봐야 했다.

우선 뉴욕에서 가장 유명한 곳을 찾기로 했다. 주변 사람들에게 물어보니 대다수가 셰프 다니엘 불뤼가 운영하는 레스토랑 '다니엘'을 추천했다. 예약을 위해 전화를 걸었지만, 미슐랭 스타 레스토랑들은 대개 1~2개월 전에 예약이 끝난다고 했다.

"저는 혼자이고요. 다니엘에는 처음입니다. 꼭 식사를 해 보고 싶은데 어떻게 안 될까요? 이번 주에는 꼭 식사를 해야 하는 개인 사정이 있습니다."

"그러면 혹시 오후 5시 반에 오실 수 있나요?"

사실 5시 반은 애매한 시간이다. 일반적으로 사람들은 레스토랑에 6시 반에서 7시 반에 온다.

"물론이죠. 금방 먹고 일어나겠습니다."

나는 당시 미슐랭 스타 레스토랑이나 맛집에는 문외한이었다. 맛집을 찾아다닐 여유가 없었다. 고급 레스토랑이라니. 게다가 뉴욕에서 고급 아파트와 맨션이 늘어선 화려한 동네, 65번가 파크 애비뉴라니.

다니엘에 도착하자 천장에 커다란 샹들리에가 반짝였다. 부드러운 벨벳을 씌운 고풍스러운 의자가 나를 기다렸다. 영화에서 바로 튀어나온 듯한 옷차림을 갖춘 멀끔한 직원들이 나를 맞았다. 할리우드 스타부터 지갑 두둑한 뉴욕 증권 맨이 찾는 최고의 레스토랑이었다. 일반인들도 기념일에 혹은 무리해서라도 분위기를 내고 싶을 때 찾는 그런 우아한 곳이다.

이곳에 올 때는 칵테일 드레스를 입는 것이 어색하지 않았다. 남자는 재킷은 필수적으로 입어야 하고 넥타이는 옵션이었다.

예전엔 청바지를 입고 오는 것이 금기였다고 한다. 다니엘뿐 아니라 대부분의 미슐랭 레스토랑에는 드레스 코드가 있었다. 그러니 회사원 차림으로 온 내가 당황스러웠을 수도 있다. 호텔에서 인턴 업무를 끝내고 바로 오느라 나는 수수한 정장을 입고 있었다. 집에 들렀다 온다 한들 다를 바도 없었을 테지만 말이다. 오후 5시 반, 커다란 홀에 손님은 나 혼자뿐이었다. 모든 직원이 나를 주시했다.

자리에 앉아 메뉴판을 들었지만 모르는 단어만 가득했다. 거위 간인 푸아그라Foie Gras를 쓰여져 있는 영문 그대로 포이그라스라 읽었고, 송로버섯인 트러플Truffle이 뭔지 몰라서 트루플이라고 읽었다. 온통 모르는 것 투성이었다. 이 레스토랑은 코스 요리만 제공했기에 나는 고민할 것도 없이 중간 단계의 코스 요리를 선택했다. 음식은 요리라기보다는 한 편의 작품 같았다. 프랑스 음식을 잘 모르는 내가 보기에도 훌륭한 요리였다. 직원들은 코스가 바뀔 때마다 내 자리에 찾아와서 자리는 편안한지, 식사는 맛있는지 조심스럽게 물었다. 코스 요리가 나오는 두 시간 남짓 나는 극진한 대접을 받았다. 생각보다 과한 관심이라는 생각이 들었다. 이쯤 되니 저들이 뭔가 착각한 것 같다 싶었다. 디저트가 나오고 이번엔 회색 슈트를 차려입은 한 사람이 다가와 식사가 어땠느냐고 물었다. 나중에 알았지만 회색 슈트의 사나이는 다니엘의 총지배인이었다.

"아주 좋았어요. 사실 저는 호텔과 레스토랑 경영을 공부하는 학생입니다."

"아!"

다니엘 직원들은 나를 오해한 듯했다. 한적한 시간대에 동양 여자가 혼자 앉아 코스 요리를 먹으며 아마추어적인 질문만 쏟아 내니 '동양에서 온 평론가'로 오해를 했었나 보다. 아마도 그래서 총지배인까지 호출이 된 모양이었다.

"다니엘이 뉴욕 '넘버원'이라 해서 처음 와 봤습니다. 셰프 다니엘 불뤼는 당연히 안 계시죠? 사인이라도 받았으면 좋겠어요."

"셰프를 만나고 싶으세요? 마침 주방에 계세요. 이리로 따라오세요."

정말일까? 셰프를 만날 수 있다니! 얼떨결에 자리에서 일어나 총지배인을 따라 주방 쪽을 향했다. 유명 셰프를, 셰프 다니엘을 코앞에서 만나다니! 이런 행운이 또 있을까.

주방에 들어서는 나의 눈이 휘둥그레졌다. 몇십 명이나 될 듯한 흰옷의 요리사들, 그들이 뿜어 대는 파이팅과 열기, 그리고 그들 옆에서 반짝이는 은 접시들. 거기에 주방 바닥은 누워서 자도 될 만큼 먼지 하나 물기 하나 없이 깨끗했다. 주방 입구에는 주방 내부와 천장 사이에 '스카이 박스'라고 하는 다락방이 있었다. 이 공간에는 네 명이 식사할 수 있는 일명 '셰프의 테이블'이 있다. 이곳에서 식사를 하면 주방에서 음식을 만드는 모습을 현장감 있게 보면서 요리를 즐길 수 있어 예약이 치열하다.

저 멀리서 쩌렁쩌렁한 목소리가 울렸다. 나도 모르게 시선이 목소리의 주인공에게 닿았다. 다니엘 불뤼였다!

우아한 제안에 대하여

　나와 눈이 마주친 순간 그는 주방 입구 쪽으로 다가왔다. 드레스도 입고 오지 않은 내가 누군가 싶었을 것이다. 나를 데리고 온 총지배인을 향해 무언의 질문을 던지는 듯했다. '쟨 대체 누구냐.'

　"셰프! 혼자 식사하러 온 손님인데 셰프를 만나고 싶다고 해서 모셔 왔습니다."

　"안녕하세요. 호텔과 레스토랑 경영을 공부하는 학생입니다. 뉴욕 최고의 레스토랑이 다니엘이라고 해서 오늘 처음 와 봤어요. 비록 제가 프랑스 요리는 잘 모르지만 오늘 이곳에 와 보니 왜 다니엘이 최고라고 하는지 알 것 같아요. 모두에게 최고라고 인정받다니, 정말 대단하세요.”

이런 용기는 어디서 분출된 걸까? 나는 눈을 똑바로 뜨고 열정적으로 셰프에게 내 마음을 전했다.

“어디 학교에 다니시나요?”

“코넬 대학원에 다니고 있어요.”

“코넬이라. 저도 초빙 강사로 한 번 그곳에 간 적이 있어요. 앞으로 무슨 일을 하고 싶나요?”

“호텔 총지배인이 되고 싶어요. 제가 호텔 객실부에서만 일을 해서 식음 분야를 잘 모르거든요. 그 분야를 공부하기 위해 지금은 뉴욕 팰리스 호텔에서 인턴을 하고 있어요.”

다니엘과 몇 마디를 나누었을 뿐인데 그는 놀라운 제안을 던졌다.

“그럼 이곳 다니엘 레스토랑에서 인턴을 해 보면 어때요?”

“네? 제가요?”

최고급 레스토랑에 와서 극진한 대접을 받은 것만도 대단한데, 유명 셰프를 직접 만나 주방까지 들어와 보고 인턴 제의까지 받다니! 상상하지도 못한 일이었다. 보통 고급 레스토랑들은 인턴을 업무에 방해를 주는 걸림돌이라고 생각해서 잘 받지 않는다. 다니엘 레스토랑에서도 주방이 아닌 경영을 공부하는 학생을 인턴으로 채용하는 일은 없었다고 한다. 내가 제대로 들은 게 맞을까? 대답은 생각할 필요도 없었다.

"하고 싶습니다!"

프랑스 리옹 출신의 다니엘 불뤼는 14살부터 요리를 시작했다. 1992년에 미국의 유명 음식 잡지 보나 페티Bon Appétit에서 그해 최고 셰프로 선정되었으며, 외식업계의 아카데미상이라 할 수 있는 제임스 비어드 어워드James Beard Award에서도 뉴욕 최고의 셰프 상을 수상한 세계적인 요리사다. 전 세계에 18개 레스토랑을 보유한 사업가이기도 하다.

셰프 다니엘의 이름을 딴 레스토랑 다니엘은 1993년에 오픈했다. 인터내셔널 헤럴드 트리뷴International Herald Tribune은 다니엘 레스토랑을 전 세계 10대 레스토랑 안에 선정하였고 2013년에는 요리 명예의 전당에도 올라갔다.

다니엘 레스토랑에서 일할 수 있게 된 건 꿈같은 일이었다. 이미 뉴욕 팰리스 호텔에서 인턴을 하고 있었지만 나는 개인 시간을 포기하면서 두 일을 병행했다. 월요일부터 금요일까지 아침 8시부터 오후 5시 30분까지는 팰리스 호텔에서 인턴을 하고, 저녁 6시부터 밤 12시까지는 다니엘 레스토랑에서 일했다. 하루에 16시간씩 일을 한 것이다. 주말 역시 다니엘에 가서 저녁 타임에 일을 했다.

팰리스 호텔에서 다니엘 레스토랑까지 걸어가는 30분이 나의 저녁 식사 시간이었다. 핫도그나 빵처럼 움직이면서 먹을 수 있는 음식을 들고 뛰다시피 걸었다. 혹독한 3개월이었지만 이름 있는 호텔과 최고의 레스토랑에서 인턴을 할 수 있다는 기쁨이 그 시간을 버티게 했다.

인턴을 시작했을 때, 다니엘이 내게 물었다.

"여기에서 뭘 배우고 싶어요?"

"음식을 서빙하는 기가 막힌 타이밍이 궁금해요."

다니엘 레스토랑에서 식사를 하는 동안 늦지도 빠르지도 않게 음식이 나오는 타이밍, 그 비밀을 알고 싶었다. 주방에서 일할 것은 아니지만 주방의 상황을 알게 된다면 레스토랑 전체 운영을 조율하는 데 도움이 될 수 있겠다고 생각했다.

다니엘은 주방의 통제관이라고 할 수 있는 앨비어 옆에 나를 세웠다. 여기에서 7년째 일하고 있는 그는 홀에서 웨이터로 시작해 2년 전부터 주방의 엑스퍼다이터Expeditor가 되었다. 엑스퍼다이터는 주방과 홀 사이에서 소통을 하며, 음식 타이밍과 특별한 요구 사항을 주방에 전달한다. 주방 입구에서 음식이 나오는 걸 지휘하는 게 그의 역할이다.

다니엘 레스토랑에 예약을 할 때만 해도, 이런 제안을 받게 될 줄은 정말 몰랐다. 게다가 다니엘 레스토랑에서도 주방이 아닌 경영을 공부하는 학생을 인턴으로 채용하는 건 처음이었다. 평생 된장과 김치에 밥만 먹던 내가, 프랑스 레스토랑에 입문하게 된 것이다.

낭만적 취업과 그 후의 일상

프랑스의 음식 문화는 우리와 참 다르다. 식탁에 앉아 이야기를 나누며 천천히 먹다 보면 두 시간이 훌쩍 지난다. 우리 상차림처럼 한 번에 여러 반찬이 나오는 게 아니라, 시간에 맞추어 몇 차례 음식이 나온다. 그러나 천천히 먹는다고 해서 주방에서 음식을 천천히 만드는 건 아니다. 긴 식사 시간 동안 주방과 홀은 오케스트라가 장대한 클래식을 연주하듯 완벽한 템포로 웅장하게 움직인다.

식사 시간이 길기 때문에 음식이 나오는 속도도 중요하다. 다니엘 레스토랑에서 식사를 하는 동안 무엇보다 놀라웠던 건 바로 '타이밍'이었다. 식사를 하는 긴 시간 동안 한 치의 오차 없이 맞아떨어졌던 타이밍! 애피타이저를 먹고 잠시 숨을 돌리는 사이 다음 요리가 나왔고, 물이 떨어지기 전에 어김없이 잔이 차올랐다. 사람마다 먹는 속도가 다르고 시킨 요리가 다를 텐데 어떻게 절묘하게 타이밍을 맞출까 궁금했다. 역시 자기 이름을 내건 레스토랑은 아무나 하는 게 아닌 걸까?

손님의 식사 시간에 맞춰 음식을 내가는 기가 막힌 타이밍의 비결은 바로 '디테일'에 있었다. 손님이 평온하게 홀에서 식사를 할 수 있도록 홀뿐 아니라 주방은 바짝 긴장해 있다. 손님이 식사하는 것을 지켜보는 서버들은 다음 코스가 준비되어야 할 때가 되면 엑스퍼다이터에게 파이어Fire 메시지를 보낸다. 보통 코스별 조리 시간이 15분에서 20분인 것을 계산해 최적의 시간을 알려 주는 것이다. 이 역시 요리별로 다른데 차가운 요리가 많은 전채 요리의 경우에는 손님의 식사 시간이 짧으므로 서빙과 동시에 파이어를 알린다. 손님이 화장실에 가거나 전화를 받는 등 다른 행동으로 식사 시간이 늦춰지면 주방에 천천히 준비하라는 메시지를 보낸다.

각 테이블마다 주문이 들어오는 시간뿐 아니라 음식이 서빙되는 시간을 기록한다. 주문 시간을 기준으로 파이어 신호와 요리 시간, 손님이 요리를 먹는 시간까지 고려한다. 손님은 한 사람일 수 있지만 주방과 홀에 있는 모든 직원들은 그의 행동에 맞춰 움직인다. 아주 작은 디테일까지 놓치지 않는다. 손님이 대화를 많이 하는 타입이라 음식을 먹는 속도가 느리다면 웨이터가 주방에 그 사실을 알려 요리 시간을 재조정하고, 담배를 피우러 나가거나 전화 통화를 해서 다음 요리가 천천히 나가야 할 때도 타이밍을 조율한다.

나는 앨비어 옆에서 이곳의 모든 타이밍에 대해 배웠다. 요리가 준비되면 앨비어는 접시 가장자리를 말끔히 닦고 요리에 따라 한 꼬집의 소금을 뿌린다. 테이블마다 착석한 손님의 주문 순서에 맞춰 요리 접시를 놓는다. 각 의자에 번호를 매겨 온 쟁반의 왼쪽 위부터 시계 방향으로 놓으면 정확히 주문한 사람에게 요리가 도착한다.

"누가 이거 시키셨어요?"

굳이 묻지 않고도 손님 앞에 요리를 정확하게 내놓을 수 있다. 앨비어 옆에서 홀과 주방의 조율을 지켜보던 것이 두 달, 어느 날 나에게도 작은 디테일을 얹을 수 있는 기회가 생겼다.

"계절 샐러드 위에 소금 한 꼬집 뿌려 볼 수 있겠어?"

"그럼요! 두 달 내내 옆에서 지켜보았는걸요!"

내가 소금 한 꼬집을 샐러드에 뿌리는 순간 주방으로 들어오던 다니엘이 그 광경을 보았다. 바로 나오는 냉정한 한마디.

"샐러드 다시 만들어."

앨비어도 나도 다니엘의 한마디 앞에서 굳어 버렸다. 두 달 동안 봤는데 설마 내가 소금 양도 조절하지 못했을까? 내가 뿌린 소금은 적당한 양이었지만 요리사가 아닌 내가 소금을 뿌린 걸 다니엘은 용납할 수 없었던 거다. 아까운 샐러드가 그대로 휴지통에 버려졌다. 누군가에게는 이해 못할 일일 수 있지만 완벽주의자 다니엘은 자기 요리에 아마추어의 터치가 더해지는 걸 용납하지 못했다. 사소한 디테일까지 꼼꼼히 챙긴다는 철학이었다.

'이 정도쯤이야 괜찮겠지'라는 마음은 다니엘 레스토랑에서는 허용되지 않았다. 한번은 홀에 나갈 음식이 올려진 주방 테이블에 물기가 조금 묻어 있었다. 유심히 보지 않으면 보이지 않을 정도의 아주 작은 물방울을 지나가던 다니엘이 보고 불같이 화를 냈다.

"테이블에 물기가 있으면 그릇 밑에도 물이 찍힌다고! 그럼 손님이 음식을 다 먹고 우리가 그릇을 들었을 때 손님 테이블에도 물기가 남는 거 아닌가!"

세상에! 눈에 잘 보이지도 않는 물방울 하나도 용납할 수 없다니. 대가는 다 이렇게 완벽주의자인 걸까? 일반인에게는 지나치다 싶을 만큼 엄격한 규칙이었지만, 다니엘이 세계적으로 유명한 셰프가 될 수 있었던 데는 디테일에 대한 강박이 한몫했을 것이다.

앨비어도 손님이 오시기 전에 알레르기, 좋아하지 않는 향신료, 특별한 요청 사항 등을 꼼꼼하게 체크해서 주방에 전달한다. 땅콩, 복숭아, 유제품, 갑각류 등 알레르기 종류도 다양했다. 채식을 하는 사람이 오면 어떤 종류의 채식을 하는지도 알아봐야 했다. 어류까지 먹는지, 과일과 채소까지만 먹는지, 혹은 간헐적 채식을 하는 플렉시테리언인지. 앨비어가 그런 손님의 기호를 파악하면, 그 손님을 위한 소스부터 따로 제작이 되었다. 알레르기의 경우에는 생명을 위협할 수도 있는 문제이기에 챙기고 또 챙겨도 부족함이 없었다.

다니엘 레스토랑에서 인턴을 하는 세 달 중 두 달 동안 나는 앨비어 옆에서 타이밍뿐 아니라 다니엘의 완벽주의도 배웠다. 최고의 레스토랑을 완성하는 건 물 한 방울도 그냥 넘기지 않는 세심함이었다.

무엇이든지 한 시간 안에, 늦어도 하루 안에 해결되는 빨리빨리 사회에 살아서일까. 속도가 빠른 곳에서는 작은 것에 대한 세심한 주의, 디테일에 대한 완벽주의는 찾기가 어렵다. 5분 만에 나오는 패스트푸드만의 장점이 있고, 10분 만에 나오는 짜장면의 매력을 무시하는 건 아니다. 그것은 그것대로 가치가 있고, 아주 작은 것까지 철저하게 신경 쓴 완벽함에서 느끼는 감동은 다른 가치가 있다. 다니엘에서의 경험은 레스토랑에서의 식사는 단순히 음식의 질과 맛으로만 평가할 수 없다는 것, 손님이 문을 여는 순간부터 자리를 뜰 때까지 벌어지는 대규모의 공연이라는 걸 알게 해 주었다.

트렌드와 속도에 밀려 클래식과 디테일의 가치가 빛을 보지 못하는 요즘이다. 매일 새로운 카페가 생기고 없어지는 시대에 장인 정신이니 고전이니 하는 이야기를 하는 게 고루하게 들릴 수도 있지만 오랜 세월을 견디는 것에는 이유가 있다. 그 이유를 나는 다니엘 레스토랑에서 배울 수 있었다.

그렇게 다니엘 레스토랑에서 3개월이 지났다. 마지막 날 다니엘은 '줄리아만을 위한 18개 코스'를 준비했다. 세계에서 일류 셰프에게 나만을 위한 상차림을 받는 경험을 한 이가 얼마나 될까? 그는 맞은편에 앉아 내게 음식 설명을 해 주었다. 다니엘은 완벽한 셰프일 뿐 아니라 인간적으로도 다정다감한 사람이었다.

"대학원을 졸업한 후에 여기에서 일해 보면 어때요?"

인턴이 끝나갈 무렵, 다니엘이 내게 취업을 제안했다.

"이제까지 이곳을 거친 그 어떤 직원보다 열심히 했어요. 줄리아는 월급 받는 정직원들보다 훨씬 더 열심히 하던걸요."

사수 앨비어도 감동했다고 말해 주었다.

"옆에서 지켜봤는데 정말 성실하더라고요. 게으름 한 번 피우지 않고 대단해요."

총주방장 장 프랑수아 브루엘과 부주방장 에디 르루도 한마디씩 거들었다. 그들의 말에 눈물이 핑 돌았다.

다니엘의 제안은 고마웠지만 내가 학교를 졸업하고 바로 이곳으로 돌아온다면 지금과 비슷한 역량만 갖춘 상태가 아닐까 싶었다. 걸음마 수준의 능력으로 최고의 실력을 갖춘 이들과 함께하는 게 민폐가 될까 걱정이었다. 이들의 호의를 마냥 받을 수만은 없었다.

"저도 정말 이곳에서 정식으로 일하고 싶어요. 여기서 매일 먹고 자고 해도 좋을 만큼요. 그러나 저에게 시간을 좀 주세요. 저도 셰프에게 보답할 만큼의 실력을 갖췄을 때 돌아오고 싶습니다!"

나는 그렇게 약속하고 다니엘 레스토랑을 떠났다. 그러나 만나야 할 사람은 다시 만난다고 하지 않던가. 다니엘과 나의 인연은 여기서 끝나지 않았다.

3부

_____

그래서 내가, 나여야만 할 때

나는 일단 정확하게 던지겠어

나는 줄을 정확하게 던지지. 다만 더 이상 운이 없을 뿐이야. 하지만 누가 알아? 오늘이라도 운이 트일지? 하루하루가 새로운 날인걸. 운이 있다면 물론 더 좋겠지. 하지만 난 우선 정확하게 던지겠어. 그래야 운이 찾아왔을 때 그걸 놓치지 않으니까.

헤밍웨이의 『노인과 바다』에서는 84일 동안 고기를 잡지 못한 늙은 어부가 나온다. 오랫동안 고기 한 마리 낚지 못한 노인을 마을 주민들은 불운의 상징처럼 여기지만 노인은 포기하지 않고 매일 바다로 나간다. 마침내 노인은 이제껏 누구도 잡지 못한 거대한 고기를 잡는다. 계속된 실패에도 좌절하지 않고 기회가 왔을 때 잡기 위해 노력한 덕분이다.

나는 어쩐지 불운한 노인의 사정에 공감이 되었다. 하는 일마다 제대로 풀린 적이 없는 내 인생, 남들보다 열 배는 노력해야 겨우 남들을 따라갈 수 있었던 내 지난날이 생각났다. 그리고 소설 속 노인처럼 계속된 불운에도 매일 낚싯줄을 던지며 포기하지 않은 내게 한 줄기 빛 같은 기회가 다가왔다.

코넬 대학원을 다닐 때는 유럽에서 일해 보고 싶었다. 그러나 다니엘 레스토랑의 경험은 내 생각을 바꾸어 놓았다. 뉴욕은 유럽보다 변화가 빠르고 다양한 시도를 해 볼 수 있는 외식업의 메카였다. 매일 창의적인 메뉴가 새로 개발되고 독특한 콘셉트의 레스토랑이 오픈했다. 젊고 활기차고 세계에서 사람들이 모여드는 장소였다. 그래, 뉴욕으로 가자!

뉴욕에서 유명한 호텔이라고 하면 리츠칼튼과 포시즌스가 떠오른다. 1990년대에는 리츠칼튼이 최고였고 2000년대에는 포시즌스가 떠오르는 별이었다. 리츠칼튼에서는 객실을 경험했으니 포시즌스에서는 식음부에 몸담고 싶었다. 해 왔던 일을 하면 더 쉽겠지만 전방위적으로 호텔에 대해 알고 싶었다. 기회가 된다면 포시즌스 호텔에서 일해 보고 싶었다. 마침 뉴욕 소식에 빠삭한 친구가 새로운 레스토랑 오픈 소식을 알렸다.

"빅뉴스! 뉴욕에 조엘 로부숑Joël Robuchon이 온대!"

"조엘 로부숑? 그게 뭔데?"

"너 진짜 조엘 로부숑을 몰라? 지금 그가 뉴욕에 오는 게 최대 이슈인데?"

"패션 브랜드야? 아님 배우야?"

지금 생각하면 어이가 없어서 웃음이 나지만 나는 그때 조엘 로부숑이 누구인지 정말 몰랐다. 친구는 나를 타박했다.

"조엘 로부숑은 21세기 최고의 셰프야!"

조엘 로부숑은 자그마치 35개의 미슐랭 스타를 받은 최고의 스타 셰프였다. 1989년 프랑스 레스토랑 가이드북 고 에 미요Gault&Millau로부터 '21세기 최고의 셰프'라는 극찬을 받았다. 1981년에 오픈한 레스토랑 르 자맹Le Jamin은 미슐랭 3스타 3연속 수상뿐만 아니라, 헤럴드 트리뷴 잡지에서 전 세계 최고 레스토랑으로 선정됐다. 그가 뉴욕 포시즌스 호텔에 레스토랑을 오픈한다니!

친구가 전해 준 소식은 마치 나를 위한 예언 같았다. 내가 꿈꾸던 완벽한 직장이었다. 세계적인 셰프가 내는 새로운 콘셉트의 레스토랑 오프닝 멤버가 될 수 있는 데다, 포시즌스 호텔 소속이라는 자부심도 가질 수 있었다. 총주방장과 부주방장은 로부숑이 직접 지정해서 보내는 제자들이니 그들에게 배울 것 또한 많을 것이다. 망설일 이유가 없었다. 나는 당장 호텔에 지원서를 내고 인터뷰 준비에 몰입했다. 조엘 로부숑의 전기를 훑고 새로 오픈하는 레스토랑의 배경에 대해 알아봤다.

로부숑은 1996년에 고급 레스토랑인 파인 다이닝의 문을 닫고 51세의 나이로 은퇴를 선언했다. 6년 동안 세계를 돌아다니며 다양한 경험을 한 그는 라틀리에 드 조엘 로부숑L'Atelier de Joël Robuchon이라는 새로운 콘셉트의 레스토랑을 구상했다. 일본 음식과 문화를 좋아했던 그는 일본과 프랑스의 식문화를 합쳐 일본식 프랑스 레스토랑을 개발했다. 스시 가게처럼 좌석을 카운터 형태로 바꾸고 오픈 키친을 갖췄다. 프랑스의 전통 코스 요리 대신 스페인의 타파스나 스시처럼 작은 음식을 여러 가지 주문할 수 있게 했다. 이 새로운 시도는 대성공이었다. 2003년 도쿄 롯폰기에 낸 1호점부터 이슈 몰이를 했고, 파리와 라스베이거스에 연이어 분점을 냈다. 뉴욕은 네 번째 시도였다. 미식가들이 넘쳐 나는 뉴욕에서 이 소식은 곧 뜨거운 이슈가 되었다.

로부숑과 생의 이력, 레스토랑 역사를 샅샅이 알아본 후에 인터뷰를 봤다. 나를 인터뷰한 인사부 디렉터는 다니엘 레스토랑의 인턴 경험을 인상 깊게 봤다. 요리사 외에 견습생이 있는 경우가 나 외에는 전무했기 때문이다. 잠을 줄여 가며 하루에 16시간씩 고생한 보람이 있었다. 뉴욕은 코넬 대학원 같은 세계적인 학교를 나왔다고 해서 무조건 채용하지 않는다. 직무에 맞는 열정과 경험이 필수적이다. 면접관의 얼굴에서 긍정적인 시그널을 읽어 낸 순간, 내 열정을 쏟아 부은 작은 경험들이 잠시 강렬한 빛을 발했다. 단순히 인터뷰를 하는 짧은 시간에만 잘했기 때문이 아니었다. 나는 진심을 다해 노력했던 지난날에 대해 읊을 수 있었다. 고기를 잡지 못했지만 포기하지 않고 매일 배를 몰고 바다로 나간 노인처럼 내 이야기를 전할 수 있었다.

인터뷰는 성공이었다. 나는 레스토랑 슈퍼바이저로 일하게 되었다. 슈퍼바이저는 사무 업무, 예약, 홀 서비스 전반을 담당하며 매니저가 없을 때 그 역할을 대신한다. 말하자면 주니어 매니저다. 매니저는 레스토랑 경력이 20년인 프랑스인 알렉스, 부매니저는 포시즌스 호텔 근무경력 10년 차인 호주인 푸루였다. 경력이 화려한 이들 곁에서 많은 걸 배울 생각에 가슴이 두근거렸다.

첫 출근을 하던 그날이 기억난다. 아침 여덟 시, 뉴욕 41번가 아파트에서 57번가 포시즌스 호텔을 향해 걸었다. 깔끔한 정장에 색색의 넥타이로 멋을 낸 증권 맨들과 세련되게 치장한 뉴요커플과 나란히 걸었다. 그들과 같이 출근한다는 생각에 가슴이 벅차올랐다. 포시즌스 뉴욕 호텔의 슈퍼바이저이자 21세기 최고의 셰프 조엘 로부숑의 레스토랑 오픈 멤버! 이제야 내가 이 도시에 온전히 속하는 한 사람이 된 것 같아 발걸음이 마냥 가벼웠다. 그날이 발걸음이 가벼운 첫날이자 마지막 날인 것도 모르고 말이다. 조엘 로부숑에서의 하루하루는 첫날부터 결코 순탄하지 않았다.

살다 보면 일이 잘 풀리지 않을 때도 있다. 그러나 누구에게든 언젠가 기회는 한 번쯤 오기 마련이라고 믿는다. 84일 동안 물고기를 단 한 마리도 잡지 못한 노인도 있지 않은가. 노인이 매일 낚싯줄을 던졌던 것도, 내가 계속 레스토랑의 문을 두드렸던 것도 기회를 낚기 위함이었다. 뉴욕에서의 삶이 막 시작되고 있었다.

숨길 수 없는 건 사랑, 가난, 기침판은 아니라고

드라마 〈미생〉에 이런 대사가 나온다.

"복사하는 거 보면 신입들 태도 딱 나온다고. 복사되는 동안 먼 산 바라보는 놈이 있는가 하면, 그사이에도 복사하며 읽는 놈이 있어. 복사만 시켜 봐도 사람을 안다잖아."

복사는 사소한 일이다. 그래서 막 들어온 신입 사원을 시키거나 아직 업무에 익숙하지 않은 인턴에게 부탁한다. 누군가는 '내가 겨우 복사나 하려고 이렇게 높은 경쟁률을 뚫고 왔나' 혹은 '복사 같은 하찮은 일 말고 중요한 일을 맡고 싶다'라고 생각할 수도 있다. 그런데 복사 같은 작은 업무에서도 그 사람의 성향과 진심을 볼 수 있다. 복사 따위야 누가 하든 무슨 차이가 있어? 하고 신경을 안 쓰는 직원과 복사만 시켰는데 보고서 내용을 파악하고 있는 직원 중에 누가 더 일에 진심이라고 볼 수 있을까?

조엘 로부숑과 내가 좀 더 가까워지게 된 계기는 메뉴판 사건이었다. 라틀리에 드 조엘 로부숑에서 일한 지 얼마 되지 않아 가오픈 날이 다가왔다. 가오픈은 정식 오픈을 준비하는 연습 기간이다. 손님 반응을 체크하고 예약 시스템이 잘 굴러가는지 테스트하고 주방과 홀 사이의 손발을 맞춰 본다. 이 시기에 음식 전문 기자나 패션지와 일간지 편집장, 음식 평론가 등을 초청해 그들의 의견을 듣기도 한다.

조엘 로부숑이 뉴욕에 레스토랑을 낸 것도 이슈인데, 좌석이 50석밖에 안 된다고 하니 예약 전화가 불이 나도록 울렸다. 미국 전역, 아니 전 세계 사람들이 이곳에 오고 싶어 했다. 전화가 울릴 때마다 우리는 죄송합니다라는 말을 입에 달고 살았다. 드디어 떨리는 오픈 첫날이 되었다.

오전부터 모두 정신없이 바빴다. 그런데 오픈 두 시간 전에 사고가 터졌다. 메뉴가 원체 중요하다 보니 유실이나 손실을 막기 위해 식음 디렉터 컴퓨터에 메뉴판을 저장해 놨었는데 그 컴퓨터가 고장이 나서 프린트를 할 수가 없었다. 호텔이 발칵 뒤집혔다. 메뉴 없이 레스토랑을 오픈할 수는 없었다. 모든 면에서 꼼꼼했던 로부숑은 메뉴판도 디테일을 놓치고 싶어 하지 않았다. 단품 메뉴는 제작된 메뉴판에 넣고, 코스 메뉴는 프린트 후 코팅을 하여 따로 삽지처럼 메뉴판에 끼워 넣길 바랐다. 그 메뉴판만 해도 로부숑에게 몇 번이나 수정 지시를 받은 후에 만들어 낸 것이었다.

우여곡절 끝에 겨우 컴퓨터를 살려 내 프린트를 하긴 했는데 로부숑이 요구한 메뉴판 코팅까지는 시간이 너무 부족했다. 오픈까지 남은 시간은 겨우 15분. 레스토랑 밖의 인쇄소를 찾을 시간도 없었다. 남들에게는 별거 아닌 것처럼 보일지 모르지만 강박적으로 디테일을 챙기는 로부숑에게 코팅을 안 한 메뉴판을 내놓는다는 건 있을 수 없는 일이었다.

그때 문득 내 머리를 스치고 가는 이미지가 있었다. 지하 인사부 사무실에서 수동 코팅기를 본 것 같았다. 디렉터를 설득해 잠시 시간을 달라고 한 뒤 허겁지겁 사무실로 내려갔다. 역시 그곳에는 코팅기가 있었다. 사막에서 오아시스를 발견한 기분이었다.

수동 코팅기는 종이를 한 장씩 넣어 코팅지와 함께 돌려야만 코팅이 되었다. 당연히 시간이 오래 걸렸다. 시간이 없었다. 일단 열다섯 장을 먼저 코팅한 후에 레스토랑으로 올려 보내고 다시 열다섯 장을 만들었다. 마음은 조급한데 코팅은 오래 걸렸다. 코팅을 하고 나니 메뉴판 모서리가 너무 뾰족해 보였다. 그대로 내놓으면 안 될 것 같았다. 시간이 없어서 손이 덜덜 떨렸지만 모서리를 하나하나 둥글게 잘랐다.

코팅된 메뉴판을 받아 든 로부숑의 눈이 동그래졌다. 그대로 메뉴판을 내야 한다는 생각에 낙담하고 있었던 모양이었다. 레스토랑의 조도와 그릇 그림자까지 세심하게 신경 쓰던 로부숑이니 계획한 대로 메뉴판을 만들 수 없다는 게 몹시 속이 상했을 것이다. 그는 둥글게 잘린 모서리를 만지며 크게 감동했다.

"Julia, très bien!(줄리아, 최고!)"

그는 메뉴판을 들고 엄지를 척 내밀었다. 그 사건 이후로 로부숑은 나를 가까이했다. 다른 직원들이 편애한다고 오해할 정도였다. 이후 라틀리에 런던을 오픈할 때 나를 오픈 멤버로 추천하기도 했다. 런던은 높은 물가로 악명 높은 도시라 엄두도 못 냈지만 그 마음만은 몹시 고마웠다. 한번은 그가 물었다.

"줄리아, 라스베이거스 엠지엠 호텔에 있는 내 레스토랑에 가 봤어요?"

라스베이거스에는 라틀리에와 조엘 로부숑 두 개의 레스토랑이 있다. 라틀리에는 캐주얼한 레스토랑이지만, 조엘 로부숑은 한 끼에 1인당 40만 원 정도 되는 파인 다이닝이다.

"아뇨, 안타깝게도 저는 못 가 봤습니다."

"그래요? 내가 곧 라스베이거스 방문 일정이 있어요. 우리 팀이 그곳에 있을 때 줄리아가 꼭 와서 레스토랑을 경험해 봤으면 좋겠네요."

"네, 알겠습니다!"

로부숑은 대가는 다르구나 하는 감탄이 나올 만큼 꼼꼼하고 세심했다. 레스토랑 오픈을 준비할 때 그는 모든 테이블에 일일이 앉아 그 높이와 의자의 착석감, 테이블과 의자의 거리를 체크했다. 심지어 천장에서 비치는 조명의 감도와 색을 체크하고 직원들을 테이블에 앉혀 손님의 얼굴에 그늘이 지지는 않는지 확인했다. 그의 말에 따라 조도가 올라가고 내려갔다. 테이블에 작은 접시를 올려 보고 큰 접시를 올려 보고 모양과 크기가 다른 와인 잔을 올려 보았다. 무려 13개 테이블과 50개의 좌석을 모두 체크했다. 열정과 책임감도 강한 그는 레스토랑에 머무는 동안엔 잠깐의 휴식 시간을 제외하고 그곳을 떠난 적이 없었다. 나는 그의 별명이 왜 '21세기 최고 셰프'인지 알 것 같았다.

조엘 로부숑 레스토랑에서 내가 맡은 일은 레스토랑 오프닝 준비 전반과 운영이었다. 신규 오픈이다 보니 직원 오리엔테이션을 준비하고 서비스 매뉴얼과 직원 교육을 위한 메뉴, 와인 설명서를 만들고 예약 시스템을 구성했다. 전방위적인 업무를 짧은 시간 안에 최대한 완벽하게 완수하기 위해 나는 바삐 움직이면서도 세세한 과정을 속속들이 파악하기 위해 집중했다. 그 덕분에 메뉴판 사건을 기민하게 대처할 수 있었고 조엘 로부숑의 마음을 얻는 기회로 바꿀 수 있었다.

　　나는 조엘 로부숑과 손님에게 최선을 다하고 싶었고, 그 마음이 작은 행동에서 나타나 보인 게 아닐까. 꼭 누군가에게 잘 보이기 위해서 디테일을 챙기라는 말은 아니다. 복사하는 것만 봐도 그 사람을 알 수 있다는 말은 꼼꼼하고 완벽한 일처리 능력에 대한 의미라기보다는 사소한 행동에서도 그 사람의 진심이 드러난다는 뜻에 가까울 것이다. 가끔은 나 자신조차도 내가 무엇을 좋아하는지, 어디에 마음을 내어 주고 있는지 모를 때가 있다. 내가 하고 있는 그 일을 좋아하는지 진심을 다하고 있는지 자기 마음을 들여다보면 좋겠다. 그런 마음은 다른 사람에게도 느껴지기 마련이니까.

어둠 속에서는 빛나는 것만 보이니까

포시즌스 호텔, 바 불뤼, 레스토랑 다니엘, 조엘 로부숑, 그리고 르 버나딘까지 세계에서 가장 화려하고 현대적인 도시 뉴욕에서 한 사람의 몫을 당당하게 해낸 내 이야기를 들으면 미드에 등장하는 뉴요커의 이미지를 떠올릴 것이다. 나도 잠시 동안은 가슴 뛰게 기뻤다. 뉴욕에 대한 환상은 누구나 한 번쯤 품어 봤을 것이다. 베이글과 모닝커피를 즐기고 센트럴 파크에서 산책을 하고 5번가에서는 쇼핑을, 브로드웨이에서는 뮤지컬을 보는 생활. 시트콤 〈프렌즈Friends〉와 드라마 〈섹스 앤 더 시티Sex And The City〉에 나오는 뉴욕을 상상하기 때문이리라. 그러나 내 실생활은 화려한 야경의 어둠 속에 자리했다. 뉴욕의 반짝이는 야경을 바라보며 친구와 이런 대화를 나누었다.

"뉴욕이 야경 하나는 참 아름답다."

"너 야경이 왜 예쁜지 알아?"

"글쎄, 빛이 많아서?"

"어둠 속에서는 빛나는 것만 보이기 때문이야."

그 말이 뼈아프게 다가왔다. 사람들이 상상하는 뉴욕의 화려한 생활은 나와 거리가 멀었기 때문이다. 뉴요커면 다 멋지게만 사는 줄 알겠지만, 내가 뉴욕에 살면서 경쾌한 기분을 느낀건 포시즌스 호텔에 출근하던 첫날뿐이었다. 뉴욕은 그렇게 호락호락하지 않았다.

서울도 집값이 비싸지만 뉴욕은 더 만만치 않다. 뉴욕에서 지내는 8년 동안 나는 슈 박스Shoe Box라고 부르는 조그마한 원룸에서 지냈다. 얼마나 작으면 신발 상자라고 부르기 시작했을까? 내가 살았던 곳은 41번가와 1번 애비뉴에 있는 튜더 시티라는 건물이다. 100년 전에 지어진 건물이라 고풍스러웠다. 두 사람이 들어서기 힘들 정도로 작은 원룸에는 화장실, 내 몸 하나겨우 눕힐 만한 작은 침대와 책상 겸 식탁으로 쓰는 테이블과 의자, 옷 몇 개를 겨우 걸 수 있을 만한 좁은 벽장과 인덕션, 냉동고가 없는 미니바 사이즈의 냉장고가 전부였다. 그곳에 사는 동안 아이스크림을 사서 집에서 먹는 생활은 꿈도 꾸지 못했다. 매일 퇴근길에 슈퍼에서 간단히 그날 먹을 것만 사서 끝내야 했다. 렌트비는 너무 비싸서 한 달에 버는 월급의 절반이 들어갔다.

남은 돈 중에 일부는 코넬 대학원에 다닐 때 받은 대출금을 갚았다. 이자가 너무 비싸서 큰맘 먹고 갚아 나가지 않으면 평생 빚으로 남을 금액이었다. 돈을 아껴야 하니 슈퍼에 가도 먹고 싶은 걸 다 사 본 적이 없었다. 사과와 오렌지가 둘 다 먹고 싶어도 그중 하나만 골랐다. 브랜드 화장품은 생각도 하지 말아야 하는 사치였다. 슈퍼에서 파는 대용량 로션을 사서 얼굴에 발랐다. 오랫동안 아껴 썼다.

아파트에는 쥐도 많았다. 그것도 슈퍼 사이즈의 쥐! 이곳 바퀴벌레와 쥐는 모두 슈퍼 사이즈였다. 새벽에 화장실이라도 가려고 일어나면 쥐가 돌아다니는 걸 볼 수 있었다. 나보다 더 당당해서 오히려 쥐가 사는 집에 내가 얹혀사는 기분이었다. 〈섹스 앤 더 시티〉에서 그리는 밝은 뉴욕의 뒤에는 늘 어둠이 깔려 있었다. 뉴욕은 테러와 총기 사건이 많았다. 나는 매일 아침 집을 나서면서 저녁에 다시 집으로 돌아오지 못할 수도 있다고 생각하곤 했다.

환경만 불편했던 게 아니다. 세계인들의 열망이 모이는 곳이라 그런지 성공을 위해 남을 밀어내고 음해하는 사람도 많았다.

레스토랑 동료들도 서로 경쟁하고 시기했다. 함께 일하던 중국인 매니저 크리스티나는 나를 견제했다.

한번은 총지배인의 친구가 레스토랑을 방문할 거라는 예약을 받았다. 예약을 잡고 홀에도 관련 사실을 알리고 다른 업무에 나섰다. 예약 시간에 맞춰 총지배인의 친구가 도착했다. 식사가 끝나갈 무렵 그는 총지배인에게 식사가 끝나 간다며 전화를 걸었다. 왜 아직도 오지 않냐는 뉘앙스였는데 이때만 해도 나는 무슨 일이 벌어지는지 몰랐다. 얼마 있다가 총지배인이 불쾌한 표정으로 레스토랑에 나타났다.

"줄리아, 친구가 오면 연락을 주라고 했었는데 왜 전화를 안 했죠?"

무슨 말인지 알 수가 없었다. 갑자기 크리스티나가 끼어들었다.

"줄리아한테 제가 전달했는데 까먹었나 봐요."

크리스티나는 내게 그런 말을 한 적이 없었다. 그렇지만 지금 와서 내가 따지고 든다 한들 무슨 소용인가. 나는 죄송하다고 할 수밖에 없었다.

그녀는 다니엘 불뤼가 올 때도 내게 언질 한 번 주지 않고 자기만 새로 변신한 수준으로 꾸며서 나타났고, 중요한 정보를 쏙

빼고 전달한 뒤에 이미 알지 않았냐며 모른 척하기도 했다. 영어가 완벽하지 않았던 나는 혹시 내가 못 들은 건 아닐까 하는 불안에 제대로 반박하지도 못했다. 영어를 유창하게 못하기 때문에 감내해야만 했다. 그러나 결국 먼저 나가떨어진 건 크리스티나였다. 상사와 손님에 대한 태도가 좋지 않고 문제 대처 능력도 좋지 못하니 스스로 몰락했다. 그 뒤로는 그녀에 대한 소식을 들을 수 없었다.

나는 원칙을 지키며 일하기 위해 노력했다. 늘 붐비는 레스토랑에 새치기로 들어가기 위해 손님 중 누군가가 팁을 쥐어 줘도 나는 정중하게 "No"로 일관했다. 레스토랑 직원에게 팁을 후하게 주어 좋은 자리를 안내받고자 하는 사람들에게도 일관되게 "No"라고 대응하자 사람들은 내 거절이 진짜 거절이라는 걸 받아들였다. 깨끗하게 일하는 게 일 처리 면에서는 더 편했다.

뉴욕에서 생활하는 건 정말 순탄하지 않았다. 돈이 많았다면 드라마에 나오는 생활을 즐길 수 있었겠지만 나는 생계형 뉴요커였다. 돈을 절약하며 일터와 집만 왔다 갔다 하는 반복되는 생활이 전부였다.

뉴욕과 우리나라는 시차가 정반대다. 귀국 후 아침에 일어나면 가끔 지금은 밤일 뉴욕을 떠올린다. 화려하고 반짝이는 건

물이 많아 밤도 낮처럼 환한 뉴욕. 어둠이 없다면 반짝이는 빛도 존재할 수 없다.

마지막까지 나를 변호하기

"어차피 해도 안 돼."

"그런 데서 너보고 오라고 하겠어?"

"안 될 것 같은데 괜히 힘쓰지 마."

"될지 안 될지 대봐야 아니?"

걱정하는 척하지만 실은 상대를 폄하하면서 자존감을 깎으려는 말들. 나는 이런 말을 자주 들었다. 부모님은 특별한 재능이 없는 나를 걱정하며 결혼해서 집안 살림이라도 잘 관리해야 한다며 경영학과를 추천했다. 코넬 대학원에 입학하려고 했을 때도 주변 사람들은 그 정도 영어 점수로는 어림없다고 단언했다. 굳이 말 안 해도 나도 내 능력이 부족하다는 걸 안다.

그럼에도 내 진심은 언제나 간절했다. 그 간절함으로 리츠칼튼 호텔에서 일하게 되었고, 코넬 대학원에 입학했고, 다니엘 레스토랑에서 인턴도 하게 되었다고 믿는다. 포시즌스 호텔 뉴욕 식음부에서 2년을 근무하고 어느 정도 업무에 익숙해졌을 무렵에도 나는 여전히 새로운 배움에 대한 갈망이 있었다.

다니엘에게 다시 돌아오겠다고 약속한 지도 3년이 흘렀다. 다니엘의 회사 다이넥스 그룹The Dinex Group의 인사부 디렉터 신시아의 전화를 받았다.

"다이넥스에서 이번에 와인을 전문으로 하는 '바 불뤼Bar Boulud'를 오픈하려고 해요. 연회룸을 맡아 줄 경험 있는 연회부 디렉터를 찾고 있어요. 줄리아를 인터뷰해 보고 싶어요."

셰프 다니엘이 오랜만에 오픈하는 새로운 레스토랑이라니! 나뿐만 아니라 많은 사람들이 기대를 걸고 있을 게 뻔했다. 게다가 바 불뤼는 뉴욕에서도 센트럴 파크 옆 메트로폴리탄 오페라 하우스와 링컨 센터가 있는 중심부에 있었다. 공연을 보러 가기 전에 식사하기에 좋은 위치일 뿐 아니라 늦은 시간에 와인 한잔 하기에도 좋은 자리였다. 뉴욕은 연회의 천국이라 할 만큼 행사가 많은 도시지만, 연회룸을 세 개나 가지고 있는 고급 레스토랑은 손에 꼽았다. 그런 곳에서 연회부 디렉터 제안이라니! 침이 꼴

깍 넘어가도록 욕심이 났다. 그렇지만 신시아의 말 중에 '경험 있는' 디렉터라는 말이 목에 가시처럼 걸렸다. 연회부 경험은 전혀 없었다. 지원 자격부터 이미 미달이었다. 내 경력을 알아보긴 한 걸까? 왜 전화를 걸어서 이렇게 내 마음을 흔드는 걸까? 나는 그 직위에 맞지 않는 사람이라고 답해야 할까? 며칠 고민 끝에 신시아에게 전화를 걸었다.

"인터뷰에 응하고 싶습니다."

어쩌면 다른 사람들은 내 자리가 아니라며 거절을 했을지도 모르겠다. 그렇지만 나는 진심으로 그 자리를 원했다. 연회부 디렉터는 행사 때마다 메뉴부터 데커레이션까지 기획을 해야 하기 때문에 매번 다른 레스토랑을 운영하는 것과 다름없었다. 레스토랑 경험이 적은 내가 많은 걸 배울 수 있는 기회였다. 진짜 자격이 있는지 없는지는 나나 내 주변의 사람이 판단하는 게 아니라 나를 고용할 사람이 결정할 문제였다.

가끔 '내가 자격이 있을까?'를 고민하는 사람들이 있다. 그런 마음으로 어딘가에 지원서 한 장 내지 못하는 사람들. 보통 무조건적인 칭찬을 많이 듣고 자라지 못했거나 겸손해야 한다고 생각하는 사람들이 그렇다. 그럴 때면 이렇게 말해 주고 싶다. 일단 지원하라고. 자격 여부는 심사하는 사람들이 결정할 거라고.

그때의 나도 스스로에게 그렇게 말했다.

뉴욕의 중심가 미드타운 40번가 다이넥스 사무실. 엘리베이터를 타고 사무실이 있는 5층에서 내렸다. 가운데 커다란 홀이 있고 둘레에는 통유리로 된 작은 사무실이 여러 개 있었는데 각 부서의 디렉터들이 일을 하고 있었다. 프라이버시는 전혀 없는 공간 같았다. 인사부 직원이 한 사무실로 나를 안내하고 유리문을 열었다. 그곳에 다이넥스의 COO 브렛 트로시가 앉아 있었다. 내가 인사를 하자마자 그가 깜짝 놀란 얼굴로 물었다.

"줄리아는 미국 교포 아니었어요?"

"아니요, 저는 한국에서 나고 자랐습니다."

그는 내 악센트에 놀란 것이다. 내가 당연히 미국인처럼 완벽한 영어를 구사하는 교포라고 짐작했던 것 같다. 그의 눈빛에서 놀람과 실망을 읽을 수 있었다. 그의 눈빛에서 그가 하고 싶은 말을 읽을 수 있었다.

'그런 악센트로 어떻게 뉴욕의 사모님들을 상대하겠어?'

영어! 이번에도 영어가 문제였다. 그는 이미 반쯤 포기한 듯한 말투로 질문을 이어갔다.

"와인에 대해 얼마나 알아요?"

"기본적인 와인은 알고 있지만 정통한 수준은 아닙니다."

"그럼 치즈는요?"

"호텔에서 제공되는 기본적인 치즈는 알고 있지만 깊이 있게 알지는 못합니다."

내 대답에 실망했는지 그의 얼굴이 점점 붉어졌다. 대답을 하는 나도 귀까지 열이 달아올랐다. 나를 못마땅해 하는 모습이 역력했다. 저렇게 싫은 티를 내다니! 바닥으로 떨어진 자존심 때문에 나도 그의 태도에 점점 화가 났다. 처음부터 교포인지 아닌지 확인하고 나를 불렀어야 하는 거 아닌가. 인사 담당자는 내 이력을 알면서 왜 연락을 한 걸까. 사실 그에게 화가 난 게 아니라 기회가 주어져도 기회를 잡을 수 없는 내 자신에게 화가 났다. 그도 나도 서로 민망한 시간이 이어졌다. 불합격이 확실했다. 그럼 할 말은 해야겠다 싶었다.

"제가 당신이 원하는 수준의 역량을 가지고 있지 못해 미안합니다. 와인도 치즈도 잘 알지 못하고 영어도 악센트가 있으니까요. 그렇지만 저는 이 자리에 지원하는 사람에는 세 종류가 있을 거라 생각합니다. 당신이 원하는 조건을 모두 갖춘 사람, 경력을 갖춘 미국인, 그리고 저처럼 영어가 완벽하지 않고 경력도 미비한 사람이요. 첫 번째 지원자는 원하는 연봉이 회사가 제시하는 것과 맞지 않을 수 있고, 두 번째 지원자는 당신이 원하는 만큼 열심히 일하지 않을 확률이 있습니다. 저는 부족하지만 열심히 하는 사람입니다. 선택은 당신이 하는 것이죠. 오늘 인터뷰할 기회를 주셔서 고맙습니다."

그는 조용히 내 말을 경청했다. 숨도 쉬지 않고 말을 쏟아 낸 나는 얼굴이 불타오르는 것 같았다. 부끄러웠다. 왜 내 능력이 이 정도밖에 되지 않는지 자괴감이 들었다. 더 앉아 있을 수가 없었다. 인터뷰를 마치고 그 공간을 나오면서 무의식적으로 문을 세게 닫았다. 유리문이 심하게 덜컹거렸다. 혹시 유리가 깨지는 건 아니겠지? 걱정도 잠시, 뛰다시피 다이넥스 사무실을 빠져나왔다. 아무 방향으로나 걸었다. 눈물이 멈추지 않고 흘렀다.

사실 내 대답은 미국인들의 전형적인 문화에 전혀 어울리지 않았다. 미국인들은 자신감을 가져야 성공한다고 믿는다. 더구나 인터뷰에서 잘 모른다거나 자신이 없다거나 능력이 부족하다고 절대 인정하지 않는다. 무엇을 물어도 자신을 잘 팔기 위해 긍정적으로 대답하는 게 미국식 인터뷰 기술이다. 그런데 나는 솔직하게 하주현식 인터뷰를 하고 나온 것이다.

한 시간쯤 되었을까. 전화벨이 울렸다. 인사부 디렉터 신시아였다. 얼마나 완벽하게 떨어졌으면 이렇게 빠르게 통보를 해 주나. 서운해서 전화를 받고 싶지도 않았다.

"줄리아, 신시아예요. 미스터 트로시가 당신을 고용하라고 하네요. 언제부터 출근할 수 있어요?"

"네? 저를요? 그럴 리가 없는데요. 신시아 다시 한번 확인해 보세요. 전달을 잘못 받으신 것 같아요."

그렇게 완벽하게 인터뷰를 망치고 문을 쾅 닫고 나왔는데 합격이라고?

"줄리아, 저 지금 미스터 트로시 사무실에서 전화 걸고 있는 중이에요. 2주 정도 후면 일할 수 있나요?"

나를 그렇게 못마땅해 하더니 왜 나를 채용한다는 거지? 트로시가 잠깐 판단력을 잃은 걸까?

"신시아, 사실 미스터 트로시와의 인터뷰가 그렇게 성공적이진 않았어요. 제가 질문에 대답도 잘 못했고요. 제가 정말 연회부 디렉터 포지션에 채용된 게 맞나요?"

"다른 포지션은 지금 채용이 없어요. 연회부 디렉터 포지션이 맞아요."

계속 물어봤다간 나를 이상한 사람으로 볼 것 같아서 고맙다고 말하고 일단 전화를 끊었다. 며칠 후 연봉 협상과 계약을 위해 회사를 방문하라는 연락을 받았다. 그제야 정말 고용이 됐다는 걸 받아들였다. 입사한 후에 트로시에게 어떻게 나를 채용하게 되었냐고 물었다.

"간단하죠. 누구보다 열심히 일한다고 했죠? 줄리아의 의지가 실력 있는 다른 후보자들보다 제게 더 강한 신뢰를 주었어요. 그리고 잘 못하면 해고하면 되니까요."

정직과 진심이 신조인 하주현식 대답이 먹힌 걸까? 만약 인터뷰에서 내가 와인을 잘 안다고 답했다면, 치즈도 자신 있다고 했다면 어땠을까? 어차피 근무한 지 얼마 안 되어 들통이 났을 거다. 내가 자신 있게 말할 수 있었던 건 열심히 일하겠다는 각오뿐이었다. 그 진심이 트로시에게 닿았다.

아무도 가르쳐 주지 않는 길목에서

길을 잃어 본 적 있는지 묻고 싶다. 물어볼 사람도 지나가지 않고, 지도도 가지고 있지 않을 때의 그 막막함을 겪어본 적 있는지. 언제나 가이드가 있는 삶을 살아온 사람에겐, 가이드 없는 일이 혼란스러울 수도 있다. 그래서일까. 해 보지 않았던 일을 권하면 흔히 이렇게 말한다.

"제가 그걸 할 수 있을까요?"

"저는 그런 걸 해 본 적이 없는데요."

"아무도 안 가르쳐 줬는데요."

솔직한 건 미덕일 수 있지만 해 본 적이 없다고 해서 무조건 못 한다는 말은 설득력이 없다. 해 본 사람이 더 잘할 수는 있겠지만 안 해 본 사람도 시간과 노력을 더 들인다면 그만큼 해낼 수 있기 때문이다.

나도 마찬가지였다. 연회부 디렉터 일을 덜컥 맡았지만 그 일을 해 본 적이 없었다. 그건 나를 고용한 인사 팀도 알고 나를 인터뷰한 트로시도 알고 있었다. 그런데도 그 일을 하겠다고 포시즌스 호텔이라는 남들이 선망하는 직장도 버리고 온 상황이었다. 트로시는 내가 일을 못하면 다른 사람으로 교체하면 된다고 말하기까지 했으니 나는 배수진을 친 셈이었다. 이제 뒤돌아 갈 길은 없다.

바 불뤼는 뉴욕 64번가에 있었다. 사무실은 지하 주방 옆에 딸린 작은 방이다. 뉴욕의 레스토랑은 비싼 임대료 때문에 홀과 주방에 최대한 면적을 할당하고 사무실을 작게 쓴다. 얼마나 작은지 레스토랑 지배인, 예약 담당 직원, 셰프, 그리고 나까지 네 명이 쓰는 사무실에 책상 네 개와 벽 선반 네 개로 꽉 들어찼다. 책상에 앉아 의자를 최대한 책상 쪽으로 당겨 앉아야만 사람이 지나갈 수 있을 정도였다. 내 자리에 앉으니 옆에는 지배인 매튜가 서류를 들여다보고 있고, 다른 편에는 예약 담당 직원이 전화를 받고 있었다. 무엇을 할지 몰라 잠시 망설이고 있는데 보다 못한 매튜가 이전 디렉터가 예약 받은 연회부터 확인하라고 지시를 했다. 매튜는 바로 길 건너 고급 레스토랑 피숄린에서 지배인으로 근무하다 바 불뤼로 스카우트 되었다.

연회 확인을 시작으로 업무가 쏟아지기 시작했다. 아무것도 모른 상태로 왔으나 신참 디렉터의 상황을 고려해 줄 리 없었다. 예약부터 메뉴 확정, 데커레이션 결정과 집기류 선택 등 모든 일들이 밀려왔다. 현장에 던져져 허겁지겁 일을 배웠다.

진짜 문제는 영어가 아니었다. 연회를 기획하는 건 손님의 취향을 완벽하게 이해하여 구현해 내는 작업이었다. 손님이 두루뭉술하게 이야기해도 찰떡같이 알아들어야 했다. 그러기 위해 파티 문화뿐 아니라 상류 사회의 고급문화까지 이해하여 라이프 스타일을 구현하고 다양한 취향을 자유자재로 연출할 줄 알아야 했다.

예를 들어 손님이 남편의 50세 생일을 맞아 친구들과 저녁 식사를 하고 싶다고 말하면, 그 모임에 걸맞은 메인 요리와 와인을 고르고 꽃 장식을 추천해야 한다. 꽃의 종류는 수백 가지였고 냅킨 색깔은 이름을 붙이기에 따라 달랐다. 단순히 '파란' 냅킨이 아니라 '광택 있는 코발트 빛' 혹은 '파우더리한 옅은 파랑'을 알아야 했다. 미국에서 나고 자란 사람도 갖추기 힘든 배경지식을 알아야 했으니 처음에는 업무 시간만큼 공부를 해야 했다. 솔직히 자신이 없었다. 트로시 말이 맞았을까? 나는 이 일을 하기에 역부족인 걸까? 출근할 때마다 그런 생각이 들었다.

돌아갈 곳도 없는데 여기서 밀릴 수는 없었다. 이가 없으면 잇몸으로 해결하는 하주현식 전략을 몇 가지 세웠다. 첫 번째 전략으로 능숙하지 못한 영어를 만회하기 위해 표를 짰다. 손님과 소통은 주로 비서나 집사와 했으며 전화나 이메일로 이뤄졌다. 악센트가 섞인 영어 때문에 전화는 자신이 없었고, 이메일도 긴 문장을 쓰기에는 문법에 자신이 없었다. 고민 끝에 모든 내용을 하나의 표에 담아 전달했다. 이렇게 하면 문법 오류도 피할 뿐더러 문장으로 풀어 쓰면서 생길 수 있는 오해의 소지도 차단할 수 있었다.

테이블 개수, 참석 인원 수, 꽃의 종류와 개수, 메뉴, 와인 등 기본적인 정보를 표에 적어 비서들에게 보냈다. 이런 간결한 형태의 표를 받은 손님들은 만족해했다. 비서들도 길게 풀어 쓴 글보다 간략하게 정리된 표를 가장 선호했다.

그런데도 여전히 불안했다. 혹시나 손님이 말한 내용과 내가 이해한 내용이 다를까 걱정이 많았다. 그래서 세운 두 번째 전략은 사진이었다. 손님이 꽃을 원한다고 하면 그 계절에 피는 꽃을 인터넷으로 찾아 이메일로 보냈다. 테이블보와 냅킨 색은 샘

플 팔레트를 준비해서 직접 보고 선택할 수 있게 준비했다. 화방에 가서 구입한 색깔 팔레트도 늘 준비하고 있었다. 파티룸을 비슷한 분위기로 꾸며 손님에게 이런 느낌이 맞냐고 사진을 찍어 보내기도 했다.

손님들은 대만족이었다. 기획 단계에서 연회가 실패할 확률도 현저하게 줄었다. 언어가 서로 같은 사람이 이야기를 해도 각자가 상상하는 그림은 다를 수 있다. 나는 그 간극을 최대한 좁히기 위해 각종 시각적 도구를 만들어 냈다.

세 번째 전략은 트로시에게 약속했던 대로 누구보다 열심히 일하는 것이었다. 나는 연회 기획만 하지 않고 행사 자리를 끝까지 지켰다. 원래 연회 디렉터 업무는 사무실에서 손님 상담을 하고 기획을 하는 것까지다. 각본을 쓰는 일까지가 디렉터의 역할이고 행사를 그대로 구현하는 건 매니저의 일이다. 나는 혹시나 내가 실수했을 경우를 대비해 연회가 마치는 저녁 9시까지 자리를 지켰다. 하루 12시간에서 가끔은 자정까지 15시간을 근무한 셈이다.

현장을 지키는 매니저도 내가 버티고 있으니 든든해했고 갑작스러운 문제가 생겼을 때 대응하기도 수월했다. 손님이 사전에 요청하지 않았지만 갑자기 생기는 일도 웬만하면 해결해 주려고 애썼다. 디렉터 일과 매니저 일을 함께하다 보니 몸은 힘들었지만 능력은 두 배가 되는 느낌이었다. 대부분의 디렉터들은 사무실에서 기획만 하다 보니 현장감이 약하기 마련인데 나는 현장 감각까지 습득했다.

무엇보다 디렉터 일에 도움이 되었던 건 나의 강점인 눈치였다. 파티가 있을 때마다 손님의 특성을 살펴 다음 기획에 반영했다. 일본인 손님이 결혼 피로연 장소를 찾기 위해 방문한 적이 있었다. 영어가 서투른 일본인 신부는 미국인 연회 디렉터들과 소통이 어려워 애를 먹고 있던 터였다. 나도 일본어를 할 줄 아는 건 아니라 소통이 원활하지는 않았지만 그녀와 함께 그림까지 그려 가며 피로연 방향을 만들어 나갔다.

우리 메뉴 중에 일본인들이 좋아할 만한 메뉴를 선정하고, 전채 요리에 정종을 곁들이고 디저트에 유자를 넣었다. 메뉴판에는 일본어로 '결혼을 축하합니다'라고 써서 아기자기한 맛을 살렸다. 피로연에 참석한 손님들과 신부는 몹시 만족했다. 며칠 후 그녀가 보낸 꽃다발과 카드가 도착했다.

미국에서 제가 원하는 느낌의 피로연은 구현해 낼 수 없을 거라고 생각했었어요.

그걸 가능하게 해 줘서 고마웠습니다.

손님들의 기호에 맞는 포인트를 찾는 노력은 계속되었다. 다이넥스에 인터뷰를 보러 갔을 때 깨질까 걱정했던 유리문처럼, 처음에는 하루하루 업무가 깨질 듯한 살얼음판이었다. 그러나 점점 만족하는 손님들이 늘어나고 칭찬이 이어지면서 내 자신감도 조금씩 돌아왔다. 어느새 연회부 디렉터 일에 익숙해졌다. 한 번 방문했던 손님들은 단골손님이 되어 계속 찾아왔고 추천과 입소문을 타면서 연회부는 점점 바빠졌다. 내가 오기 전 바 불뢰의 연회부 1인당 평균 매출은 109달러였다. 4개월 정도 지나자 205달러로 올랐고, 내가 떠날 때는 225달러까지 치솟았다. 바 불뢰는 뉴욕에서 연회를 가장 많이 여는 레스토랑이 되었다.

해 본 적이 없는 일을 덜컥 맡는 게 책임감 없는 행동으로 보일 수도 있다. 하지만 나는 그 일을 끝까지 마무리하지 않는 것이 책임감 없는 행동이지, 시도해 보는 건 무책임한 일이 아니라고 생각한다. 아무도 안 가르쳐 줬어도, 학교에서 배우지 않았어도 충분한 실력을 갖추지 못했어도 그에 상응하는 노력으로 채워 가면 된다. 처음부터 전문가로 태어난 사람은 없다.

길들인 것에는 책임을 지는 거야

　몇 년 전부터 포기 세대라는 말이 유행했다. 처음엔 연애, 결혼, 출산 세 가지를 포기해서 3포 세대라고 하더니, 취업과 내 집 마련도 포기했다고 5포 세대라는 말로 확장되었다. 그러다 건강, 외모 관리마저 포기했다고 7포 세대, 나중엔 인간관계와 희망까지 포기했다고 해서 9포 세대, 이제는 거의 모든 걸 포기했다고 해서 N포 세대란다. 경제 침체기를 지나는 이삼십대들이 무언가를 포기하는 걸 보면 안타까운 마음이 든다. 경제 성장기에, 미국에서 젊은 시절을 보낸 내가 이런 말을 하는 게 어쩌면 꼬장꼬장한 이야기로 들릴 수도 있다. 그러나 내가 미국에서 일한 그때에도 갑작스러운 위기가 찾아온 적이 있었다. 2008년이었다.

바 불뤼 1인당 평균 매출이 205달러로 순항하던 중 갑작스러운 태풍을 만났다. 바로 2008년 9월 15일 세계적 금융 회사 중 하나인 리먼 브라더스가 파산을 한 서브프라임 모기지 사건이다.

2000년대 초반 미국 정부가 초저금리 정책을 펼치며 부동산 가격이 상승했고 많은 사람들이 대출을 받아서 집을 샀다. 그러나 2004년에 정부가 이 정책을 종료하면서 부동산 버블이 꺼지고 원금을 갚지 못한 저소득층 대출자들이 생겨났다. 이 과정에서 여러 기업이 부실화되고 대형 금융사와 증권사들이 연쇄적으로 파산했다. 이 파급은 세계 경제 시장까지 뒤흔들어 2008년에 세계적인 금융 위기로 이어졌다. 그 정도로 큰 사건이었으니, 당연히 내가 일하던 금융의 중심지도 크게 흔들렸다.

바 불뤼가 위치한 자리는 뉴욕 금융의 중심지였다. 2008년 9월부터 12월까지 혼란스러운 시간을 보낸 후에 2009년부터 뉴욕의 레스토랑들은 한두 곳 문을 닫기 시작했다. 유령 도시처럼 도시 분위기는 적막했다. 백화점에서 쇼핑하는 사람들도 줄었다. 대신 가성비가 좋은 맥도널드에 사람들이 몰렸다. 바 불뤼도 예외가 아니었다. 레스토랑의 주요 손님들 중 다수가 금융 회사의 직원들이었다. 단순히 식사를 하러 찾아오는 손님도 급격히 줄었다. 연회부 상황은 더 심각했다. 고급스러운 접대나 회사 모임, 개인 파티가 거의 열리지 않았다. 우리는 생존 전략을 구상해야 했다. 트로시는 메뉴 가격을 낮추자고 제안했다.

"연회 메뉴 가격을 낮춰 팔면 어떨까요?"

"저는 반대입니다. 한 번 내린 메뉴 가격은 경기가 다시 좋아져도 올리기 힘들 거예요."

"그럼 어떻게 하면 좋겠어요?"

"기존 메뉴는 그대로 유지하고 룸을 빌리는 비용 500달러를 당분간 없애면 어떨까요? 대신 신메뉴를 저렴한 가격에 내놓으면 좋을 것 같습니다."

다른 레스토랑 중에는 메뉴 가격을 확 낮춘 곳도 있었다. 그렇지만 나는 레스토랑의 장기적인 미래를 보고 싶었다. 가격을 내려 손님들이 몰린다면 실적에 초조한 나는 지금 당장은 좋을 수 있겠지만, 레스토랑에는 장기적으로 악수일 수 있었다. 트로시는 마지못해 내 제안을 승낙했다. 가성비 좋은 69달러의 신메뉴가 생기자 그래도 연회를 포기할 수 없는 손님들이 몰려왔다. 꽃과 모든 준비에서 최소한으로 최대의 효과를 볼 수 있는 방법을 자나 깨나 연구했다. 꽃집에다 룸 곳곳을 채우던 커다란 화병의 꽃 장식 말고 식사 테이블 중앙에 놓을 수 있는 가늘고 긴화병의 꽃을 부탁했고 와인은 가성비가 높은 새로운 와인들로 구성했다. 리셉션의 핑거 푸드는 기존처럼 시간 대비 돈을 지불하는 대신, 손님의 수만큼 비용을 청구하는 방식으로 바꿨다. 이 방식은 손님과 레스토랑에 재료의 낭비를 줄이는 비용 절감의 효과를 냈다. 텅 비었던 연회룸에 손님들이 한 팀씩 차기 시작했다.

티끌 모아 태산이라고 싼 가격에 많이 파는 정책은 서서히 효과를 발휘했다. 6개월이 지나자 총매출이 이전으로 회복됐다. 전략이 먹혀 들어간 것이다. 언제부턴가 '영어를 못하는 여자가 장사는 잘한다'라는 소문이 돌았다. 스카우트 제의가 끊이지 않았다. 이제까지 열어 왔던 연회에 대한 손님들의 긍정적인 피드백도 한몫을 했다. 자신이 없어 행사가 마칠 때까지 남으며 매니저 일까지 도왔던 것이 새로운 기회가 되어 돌아왔다. 멀티플레이가 가능한 디렉터는 드물었기 때문이다. 연회부 디렉터와 매니저 역할을 둘 다 할 수 있는 나를 뽑아 두세 사람 몫을 모두 맡기려는 궁리였다. 1.5인분의 월급을 주더라도 그들에게는 이익인 셈이었다. 지금보다 연봉을 올려 준다는 제안에 잠시 귀가 팔랑거렸다. 그러나 엄마가 귀에 못이 박히도록 했던 말이 기억났다.

"너와 가까운 사람이 힘들 때 절대 곁을 떠나지 말아라."

바 불뤼 대표인 다니엘과의 인연을 생각하면 모두가 위기인 이 시기에 레스토랑을 떠나는 건 예의에 어긋나는 일 같았다. 다니엘과 손가락을 걸고 약속한 대로 다시 다니엘과 일하게 되지 않았던가? 떠나더라도 이곳이 안정된 뒤에 가고 싶었다. 바 불뤼를 지키고 싶었다. 나는 모든 스카우트 제의를 거절했다.

결과적으로 보면 바 불뤼를 떠나지 않은 건 좋은 선택이었다. 경제 위기가 왔을 때 급하게 가격을 내리지 않고 새로운 저가 메뉴를 개발한 것도 눈앞에 닥친 일보다 멀리 보려는 노력이었고, 다른 레스토랑들에서 좋은 제안이 왔을 때 바 불뤼에 남은 것도 장기적인 관점에서 생각했기 때문이었다.

2008년은 바 불뤼뿐 아니라 세계적으로 모두에게 힘든 시기였다. 덕분에 내 이름을 다른 레스토랑에 알릴 수 있었고 연회부 디렉터들의 모임에 초대되기도 했다. 위기가 왔다고 해서 모두 자리에 주저앉아 있는 건 아니다. 2008년의 그때도 그랬고 지금도 그렇다. 사람의 진짜 모습은 어려울 때 드러난다고 한다. 어려운 시기, 당신의 지금 모습은 어떤가?

내가 사랑하는 일에 무슨 끝이 있나요

뉴욕에 있을 때 나는 사교 모임에 나가곤 했다. 대단해 보이는 모임에 끼고 싶었다기보다는, 실은 나보다 잘하는 사람들의 이야기가 듣고 싶었다. 바 불뤼에서 레스토랑 연회부 디렉터를 하면서 연회부 디렉터들의 모임에 초대를 받았다.

화려한 연회를 개최하는 디렉터들의 모임인 만큼 모임은 소박하지 않았다. 어딘가에서 한가락 한다는 디렉터들이 모두 모였다. 뉴욕의 톱 레스토랑 퍼세Per Se, 장 조지Jean Georges, 르 버나딘Le Bernardin, 그래머시 태번Gramercy Tavern, 더 모던The Modern, 불레이Bouley에서 일하는 디렉터들이 한자리에 모였으니 눈이 부실만도 했다.

"지난번엔 할리우드 스타의 파티를 열었죠."

"유력한 금융이나 증권사의 전문가들이 오곤 해요. 저는 그
분들과 메시지를 주고받는 사이거든요."

디렉터들은 은근히 자신이 파티를 열어 준 유명한 셀러브리
티들과 금융 인사들의 이야기를 하며 실력을 과시했다. 나는 딱
히 자랑하고 싶지도 않고 그런 자랑에 익숙하지 않아서 조용히
남들의 이야기를 들었다. 다들 자기 이야기를 하지 못해 안달이
난 자리에 나만큼이나 침묵을 지키는 사람이 있었다. 르 버나딘
의 연회 디렉터인 캐런이었다. 사실 이 자리의 누구보다 경력이
많고 어떤 레스토랑보다 호화로운 연회 경험이 많은 사람이었
다. 그녀는 남들의 자랑이 그다지 흥미롭지 않은 눈치였다. 어딘
가 멋져 보이는 그녀에게 말을 걸었다.

"저는 연회 디렉터 경력이 아직 짧아요. 캐런은 경력이 참 많
죠? 부러워요."

"줄리아는 연회부 디렉터 전에는 어디서 일했어요?"

"코넬 대학원에서 호텔과 레스토랑 경영을 공부했어요."

"이곳에서 일하는 게 힘들진 않아요?"

"힘들죠. 제가 얼마나 실수를 많이 했는지 들어 보실래요?"

나는 캐런에게 내가 디렉터로 일하면서 겪었던 실수들을 이

야기했다. 창피했지만 솔직한 에피소드를 들으며 캐런은 많이 웃었다. 모두가 자리 자랑하기 바쁜 자리에서 굳이 감추고 싶은 실수만 늘어놓는 내게 호감을 느낀 걸까?

"줄리아는 참 솔직하고 재미있는 사람이네요."

"앞으로 궁금한 게 있으면 물어봐도 될까요? 전 경력이 짧지만 캐런은 이 분야에서 아는 게 많은 사람이잖아요."

"그럼요."

그 모임 이후에 우리는 자주 만났다. 그 자리에서 약속한 대로 그녀는 내가 어려움이 생길 때 전화하면 늘 도움을 주었다. 새로운 레스토랑이 생기면 함께 가 보고 연회의 새로운 경향에 대해 정보를 나누었다. 어느 날 같이 저녁을 먹을 때 그녀가 물었다.

"줄리아, 르 버나딘의 연회부 부디렉터로 오면 어때요?"

캐런이 일하는 르 버나딘은 1986년 이후 단 한 번도 미슐랭 3 스타와 뉴욕 타임스 4스타를 놓친 적 없는 레스토랑이었다. 정통 프랑스 레스토랑이자 해산물을 전문으로 요리하는 곳으로 지금도 뉴요커와 관광객들의 사랑을 받고 있다.

"르 버나딘이요? 뉴욕 레스토랑 중에서 가장 연회를 많이 여는 곳이잖아요. 규모도 크고요."

"그렇죠. 그렇지만 지금 디렉터를 하고 있는 줄리아가 부디렉터로 온다면 사실 한 단계 낮춰 이직한다고 생각할 수도 있어서 말하기 전에 조심스러웠어요. 규모가 크고 연회가 다양하니 경험을 쌓기 좋을 거예요."

"좀 더 생각해 봐도 될까요?"

캐런의 제안은 고마웠지만 금방 결정하기 힘들었다. 르 버나딘은 미슐랭 3스타였다. 바 불뤼보다 고급 레스토랑이니 커리어에는 도움이 되겠지만 직책을 낮추기가 망설여졌다. 게다가 체인이 없는 단독 레스토랑이라 캐런이 떠나지 않는 이상 부디렉터에서 승진해 디렉터가 될 가능성은 많지 않았다. 오랜 시간 함께해 온 바 불뤼를 떠나는 것도 마음이 편치 않았고 다니엘과의 관계도 생각해야 했다. 마음을 쉽게 결정하지 못하고 있을 때 새로운 소식을 들었다. 다니엘이 바 불뤼 옆에 디저트와 베이커리를 파는 카페형 매장과 지중해식 레스토랑을 새로 오픈한다는 것이었다. 그 매장을 위해 바 불뤼의 연회룸 절반을 내주어야 하는 상황이었다. 마침 연회부 매출도 정상으로 올라온 참이라 내가 매장을 떠나도 무리가 없을 것 같았다. 고민 끝에 다니엘에게 내 결심을 이야기했다.

"르 버나딘으로 가서 새롭게 배워 보고 싶어요. 바 불뤼의 일은 즐겁고 익숙하지만, 저는 아직 새로운 걸 경험하고 배우고 싶은 마음이 커서요."

"줄리아가 가고 싶다면 보내 줘야죠. 르 버나딘이라면 매기와 에릭에게 배울 게 많을 거예요. 바 불뤼가 성공적으로 운영될 수 있었던 데는 줄리아 덕이 컸어요. 고마워요."

다니엘은 내 이직을 찬성했다. 아쉬웠지만 떠나는 발걸음이 무겁진 않았다. 이제 바 불뤼는 내가 없이도 잘 굴러갈 만큼 안정적이 되었기 때문이다. 내가 아니라 누구라도 근무할 수 있는 회사가 되었을 때 떠난다는 건 기분 좋은 일이었다.

사교 모임에서 만난 캐런을 통해 나는 르 버나딘으로 이직을 했다. 뉴욕의 다양한 3스타 레스토랑을 모두 경험하고 싶었던 꿈에 가까워졌다. 물론 캐런이 아니었더라면 르 버나딘에서 일하자는 제안은 받지 못했겠지만, 사교 모임 같은 네트워크는 커리어에서 필요조건이지 충분조건은 아니다. 내가 르 버나딘에 적합한 인물이 아니라고 판단했다면 아무리 나와 친했어도 캐런은 나를 추천하지 않았을 것이다. 나 또한 자신 없는 상태에서 쉽게 이직을 결정하지 못했을 것이다.

계속 좋아하는 분야에서 일하다 보니, 알음알음 다양한 분야를 경험할 일이 생겼다. 한 곳에만 머물렀더라면 보지 못했을

풍경도 많이 봤다. 가끔은 내가 이렇게 정성을 쏟을 수 있는 분야가 있다는 게 다행스럽게 느껴지기도 했다. 마음을 내어 주는 일은 받는 일만큼이나 행복했다. 사랑하는 일에 무슨 끝이 있을까.

하던 대로 해요, 우리

좋은 리더란 어떤 사람일까? 천부적인 재능을 가진 듯한 이미지와 강력한 힘으로 부하들의 추종을 이끌어 내는 카리스마형 리더? 혹은 표준과 규범을 강조하며 조직에 충성할 것을 종용하는 관료적 리더? 코치처럼 구성원의 역할과 업무를 명확하게 파악해 동기 부여를 이끌어 내는 리더? 경영학에서는 다양한 리더십을 소개한다.

리더가 다양한 만큼 리더십도 다양하고 시대와 상황에 맞는 리더형도 다르다. 좋은 리더가 있다기보다는 다양한 상황과 사람들에게 적합한 리더가 있을 것이다. 리더가 되고 싶다면 어떤 리더형이 있는지 파악해야 하고, 어떤 종류의 리더가 있는지 알기 위해서는 다양한 성향의 리더를 경험해 봐야 한다.

내가 함께 일했던 리더들의 성향은 저마다 달랐다. 사실 셰프들의 성격은 대체로 호락호락하지 않다. 세계적인 레스토랑인 만큼 그에 맞는 수준을 요구하기 때문이기도 하고, 주방이 온갖 사고가 일어나기 쉬운 위험한 공간이기 때문이기도 하다. 정신을 바짝 차리지 않으면 강한 불에 데기 쉽고, 날카로운 칼에 베이는 일은 흔하다. 그래서인지 다니엘도, 로부숑도 성격이 마냥 부드럽지는 않았다. 사적인 자리에서는 온화한 모습을 보였지만 일할 때는 가차 없었다. 굳이 따지자면 구성원들의 잠재력을 끌어내기 위한 섬김형 리더라기보다 추종과 복종을 우선시하는 카리스마형 리더였다. 덕분에 나는 다니엘에게서 철두철미한 완벽함을, 로부숑에게서 우아한 치밀함을 배웠다. 그런데 르 버나딘의 셰프 에릭 리페르는 새로운 리더십을 보여 주었다. 그는 요리하는 부처였다.

르 버나딘에 입사하고 얼마 되지 않아 미슐랭 심사단이 레스토랑에 방문한다는 소식이 들렸다. 심사단이 방문하면 올해 르 버나딘의 평가가 매겨지고, 그에 따라 레스토랑의 명예와 매출이 달라질 수도 있었다. 중요한 자리였다. 이제 비상이로구나 싶었다. 그런데 의외로 에릭은 평온했다.

"우리는 늘 하던 대로 합니다."

미슐랭 심사단과 언론인들이 온다는데도 르 버나딘에는 새로운 메뉴도 특별한 지침도 없었다. 보통 이런 상황이라면 온갖 호들갑을 떨어도 이상하지 않을 이슈 아닌가! 나는 옆에 있는 직원에게 속삭였다.

"에릭은 늘 이렇게 평온해요? 미슐랭 심사단이 온다는데도 새로운 뭔가를 하지 않나요?"

"에릭은 심사단이 온다고 특별한 뭔가를 준비하는 건 진실하지 않은 행동이라고 생각해요. 늘 우리가 손님에게 하던 대로 심사단에게 하는 게 중요하다는 거죠."

에릭의 말은 거짓이 아니었다. 정말 미슐랭 심사단이 오는 날까지 에릭은 특별한 무언가를 준비하지 않았다. 그의 요리는 평소처럼 단아하고, 정갈했다. 에릭의 요리를 보면 그의 평온한 성정이 느껴졌다.

프랑스 남부 출신의 에릭은 르 버나딘에서 부주방장으로 일하다가 매기 르코즈에 의해 수석 셰프 겸 파트너가 되었다고 한다. 에릭은 일반적인 셰프들의 카리스마형 리더십을 마음에 들어 하지 않았다고 한다. 에릭은 다른 셰프들처럼 주방에서 소리를 지르거나 강압적인 모습을 보이지 않았다. 초반에는 에릭도 주방에서 소리를 질렀지만 종교를 가지게 된 이후로는 온화한 리더십을 갖게 되었다.

에릭은 워낙 유명한 셰프여서 그를 부르는 자리도 많았다. 은빛 머리칼 덕분에 실버 폭스라는 별명을 가질 정도로 외모도 매력적이어서 인기가 많았다. 그렇지만 그는 웬만해서는 그런 자리에 참석하는 것을 꺼려했다. 공적인 자리를 회피하는 그에게 물어보았다.

"에릭, 오늘도 저녁 행사에 안 가셨어요?"

"꼭 참석해야 하는 행사 외에는 가고 싶지 않아요."

에릭은 자신의 명성이나 외모를 뽐내지 않았다. 그가 신실한 소승 불교 신자이기 때문일 수도 있다. 그는 바쁜 가운데서도 짬을 내 명상을 했다.

그가 주방장으로 있으니 르 버나딘 주방에는 고함과 욕설이 없었다. 총주방장이 소리를 지르지 않는데 그 밑에 있는 셰프들이 감히 목소리를 높일 수 없었다. 그래서인지 르 버나딘 직원들은 모두 성정이 온화했다. 뉴욕의 레스토랑에서 벌어지는 암투와 거짓말이 없는 르 버나딘은 평온한 섬이었다. 이직률도 높지 않았다. 르 버나딘 부주방장, 소스 장인, 매니저는 총주방장인 에릭과 30년을 함께 일했다.

그는 자기가 먹는 음식은 무조건 완벽해야 한다고 생각하지도 않았다. 세계적인 셰프라 해도 평소 먹는 것에 예민하게 굴지 않았다.

그의 온화한 성품은 레스토랑 운영에도 그대로 반영되었다. 르 버나딘에서는 크리스마스 전후로 파티를 열었다. 한 번은 아이들을 위한 파티고, 한 번은 직원들을 위한 파티다. 아이들의 파티에는 매니저들이 산타 복장을 하고 선물을 나눠 주었다. 연회룸에 점심 예약을 받지 않고 음식을 외부에서 받아 아이들과 나눴다. 이런 시즌에 연회를 받지 않는다는 건 레스토랑으로서 큰 비용을 감수하는 일이었다.

에릭은 레스토랑에 거는 그림도 무조건 유명한 작가 것을 고집하지 않았다. 고급 레스토랑에 거는 그림은 유명한 화가의 작품을 사서 걸기 마련인데, 에릭은 브루클린 무명 화가의 그림을 사서 걸었다. 그 덕에 생계를 유지하기조차 어려웠던 화가는 일약 유명세를 얻었다. 에릭은 남들의 평가에 연연하지 않고 자기 눈에 좋은 것을 선택하는 사람이었다.

에릭과 르 버나딘에서 5년 동안 일하면서 나는 타인을 압박하거나 직원에게 성과를 강요하지 않고도 성공할 수 있다는 걸 깨달았다. 르 버나딘은 오픈 이후에 한 번도 미슐랭 3스타를 놓친 적이 없었다. 물론 다니엘 불뤼와 조엘 로부숑도 나에겐 좋은 리더였고, 그들에게 배운 것이 내 행동에 녹아들었지만 에릭 리페르를 통해 나는 새로운 가능성을 엿보았다. 그는 최고의 셰프이기에 앞서, 함께 일하는 사람들을 배려하고 인정할 줄 아는 겸손한 리더였다. 에릭을 만나지 않았다면 나는 지배를 추종하고 복종을 강요하는 리더가 되었을지도 모른다. 후에 내가 리더의 자리에 앉게 되었을 때도 나는 종종 그가 했던 말을 떠올린다.

"하던 대로 해요, 우리."

너도 살면서 한 번은 미란다를 만날 거야

영화 〈악마는 프라다를 입는다〉는 저널리스트가 되기 위해 최고의 패션 매거진 런웨이에 입사한 앤드리아의 이야기다. 그녀가 완벽주의 보스인 편집장 미란다를 만나 지독하게 고생하는 과정을 재미있게 풀어냈다. 미란다의 비서가 되면 아침마다 늦지 않게 카페에서 탈지 우유로 거품을 낸 라테를 사 와야 하고, 옷은 반드시 세련된 스타일로 입어야 하며, 미란다가 쉴 새 없이 쏟아 내는 말을 한 마디도 빠트리지 않고 이행해야 한다. 나는 영화를 보면서 앤드리아에게 자꾸 감정 이입이 되어 속 시원히 웃을 수가 없었다. 만약 그 영화의 각본 작업에 참여할 수 있다면 2편, 3편은 너끈히 제작할 수 있는 에피소드가 많기 때문이다.

르 버나딘은 뉴욕 레스토랑 중 가장 많은 연회가 열리고, 그 규모와 다양성도 단연 최고였다. 그곳에서 부디렉터로 일하며 연회를 담당한 지 두 달이 지났을 때 내게 새로운 프로젝트가 맡겨졌다. 기물 창고를 효율적으로 관리할 수 있도록 아이디어를 고안하는 것이었다.

르 버나딘은 워낙 규모가 큰 레스토랑이다 보니 기물 창고 안에 있는 물품도 참 다양했다. 온갖 접시와 와인 잔 등이 창고에 가득했다. 3스타 레스토랑답게 정리가 잘 되어 있는 편이었지만, 완벽주의자 매기 르코즈의 눈에는 성에 차지 않았다. 바쁜 직원들이 창고에 들어가서 금방 물건을 찾지 못해 씩씩거리며 나오곤 했다. A코너에 있어야 할 와인 잔이 B코너에 있으니 물건을 못 찾았고, 수량 파악을 잘못하여 같은 물건을 재주문하는 일도 흔했다.

프로젝트를 맡은 나는 먼저 창고 대장을 만들었다. 창고에 있는 물건들을 모두 정리한 후에 위치별로 레이블을 붙였다. 그리고 모든 그릇과 컵과 잔의 사진을 찍어 프린트해서 창고 대장에 위치와 함께 붙여 정리했다. 새로 레스토랑에 들어온 직원이라도 한눈에 기물의 위치를 알아볼 수 있었다. 기존에 물건을 아무 데나 두어서 추가 주문 등으로 손실이 난 부분도 메울 수 있었다. 입출입 대장도 만들어 재고 파악을 확실히 빠르게 할 수 있도록 했다.

기물 창고 프로젝트를 끝낸 날, 매기와 에릭이 날 불렀다. 연회부 부디렉터 대신 경영보좌관을 해 보면 어떻겠냐는 제안을 했다. 부디렉터에서 경영보좌관으로? 생각지도 않은 일이라 바로 거절을 했다. 경영보좌관 경력도 없지만, 프랑스인 매기와 소통할 수 있을 만한 프랑스어 실력도 갖추지 못했다. 영어가 편안하지 않았던 매기는 프랑스어를 모국어로 하는 경영보좌관을 늘 두었다. 프랑스어를 아예 못 하는 내가 할 수 있는 일인 것 같지 않았다. 그런데 다시 제안이 들어왔다. 해 본 적도 없는 일을 어떻게 하나 싶은 생각에 부드럽게 거절 의사를 밝혔다. 그런데 웬걸, 두 번이나 거절했는데도 매기와 에릭은 세 번째로 내게 손을 내밀었다. 제갈량도 유비의 세 번째 제안엔 고개를 끄덕이지 않았던가. 더 이상 거절하는 건 예의가 아니었다. 수락하는 대신 단서를 달았다. 내가 잘하지 못해도 뭐라고 하지 않기! 내가 잘 못하면 연회부로 돌아갈 수 있게 해 주기!

나를 얼마나 봤다고 두 달 만에 경영보좌관을 시킬 마음을 먹었을까? 알고 보니 그들이 내게 맡긴 기물 창고 프로젝트가 시

초였다. 내가 기물 창고를 새롭게 재정비한 방식이 마음에 들었던 것이다. 내가 두 번이나 거절했지만 그곳에서 5년을 일한 걸 보니 그들의 판단이 맞았는지도 모르겠다. 악명 높은 완벽주의자 매기는 내가 떠날 때 아쉬움의 눈물을 흘렸다.

르 버나딘의 경영보좌관이 오래 일하지 못하는 이유는 곧 알게 되었다. 나는 에릭 리페르, 매기 르코즈, 데이비드 맨시니 세 사람의 경영보좌관이었다. 상사가 세 명인 셈이었다. 데이비드는 프랑스인인 매기와 에릭의 행정적인 업무를 처리하는 미국인 월급 사장이었다. 서류 작성과 일정 관리부터 유니폼 선정, 직원 채용 등 그들을 위해 레스토랑 경영 전반의 일을 모두 맡았다. 세 사람 중 가장 악명 높았던 건 매기였다. 그녀는 영화 속 미란다보다 더한 완벽주의자였다.

직원들의 책상 위에는 물 이외에 마실 것을 올려 둘 수 없었다. 봉투를 포함한 문구류 역시 흰색, 회색 단 두 가지 색만 사용할 수 있었다. 볼펜은 한 회사의 브랜드만 썼고 다른 브랜드의 펜과 섞이는 걸 용납하지 않았다. 사무실에 인쇄용지가 배달되면 케이스를 모두 벗긴 후에 별도의 통에 가지런히 종이만 쌓아 두어야 했다. 사무실에서 직원들은 절대로 음식이나 커피를 마실 수 없었고, 의자에 재킷을 걸어 두는 행위도 허용되지 않았다. 한번은 그녀의 부탁으로 그녀의 집에 들어간 적이 있었는데 그 깔끔함과 완벽함에 서늘하게 놀랐다. 냉장고에는 물밖에 없었고 신발은 같은 형태의 선반에 색깔별로 정리되어 있었다. 미란다도 한 수 접을 정도였다.

매주 수요일에는 레스토랑 전담 플로리스트가 와서 꽃 장식을 바꾼다. 나는 매주 바뀌는 꽃 장식을 사진으로 찍어 스크랩북에 정리해 둔다. 꽃집에서 참고적으로 본인의 작품을 스크랩하는 경우는 있어도 꽃 주문을 한 손님 입장인 레스토랑 오너가 매주 바뀌는 꽃 장식을 스크랩할 생각을 한 걸 본 적이 없다. 완벽주의자 매기는 이 꽃 장식 하나도 그냥 놓치지 않고 스크랩북을 보면서 과거와 현재의 꽃 장식을 통해 미래의 장식을 계획했다.

매기는 레스토랑에 있는 식탁과 의자도 맞춤 제작했다. 손님에게 가장 편안한 높이를 맞추기 위해 테이블의 윗면과 다리를 다른 업체에서 따로 제작했다. 레스토랑에 가장 잘 어울리면서도 최고의 테이블이어야 했기 때문이다. 의자도 마찬가지였다. 브랜드별로 11개의 의자에 모두 앉아 본 후에 가장 적합한 의자를 찾았다. 그 테이블에 앉았을 때 가장 편한 의자의 높이와 깊이, 등받이를 찾아야 했기에 적합한 의자를 찾기는 쉽지 않았다.

철저한 완벽주의자니 웬만한 경영보좌관의 수행이 성에 안 찼다. 프랑스어에 익숙한 그녀가 영어로 설명을 제대로 못하기에 영어를 잘하는 보좌관이 와도 소용이 없었다. 언어가 다가 아니었다. 그녀의 마음을 읽어야 했다. 언제나 신경을 곤두세우고 그녀가 뭘 원하는지 찾을 것. 항상 반응을 살피고 이야기할 때마다 그녀의 몸짓을 읽을 것. 그게 내가 취한 전략이었다.

언어 때문에 남들보다 배로 준비하고 늘 옵션 B를 준비하는 일은 내게 익숙했다. 이번에도 언어는 별로 문제가 되지 않았다. 그녀가 파란 냅킨을 준비하라고 하면 나는 조금 옅은 파랑과 짙은 파랑도 추가로 준비했다. 그녀가 내가 준비한 첫 번째 냅킨을 보고 표정이 좋지 않으면 다른 두 가지를 보여 주었다. 그러니 매기의 마음에 들지 않을 일은 없었다. 영어가 유창한 사람이었다면 하지 않았을 수고였지만, 나는 늘 그녀를 위한 대안을 준비하고 있었다.

한번은 매기가 레스토랑의 우산 보관 방식이 마음에 들지 않는다고 말했다.

"비가 오면 레스토랑에 손님들이 우산을 들고 오잖아요. 그걸 보관하는 일회용 우산 비닐봉지가 마음에 들지 않아요. 우아하지 않아요."

"우산 꽂이를 깔끔하게 바꾸면 어떨까요?"

매기의 표정이 탐탁지 않았다.

"줄리아가 새로운 방법을 찾아보세요."

그날부터 나는 어딜 가나 우산 생각뿐이었다. 우리는 여느 백화점에서 쓰는 우산 넣는 비닐봉지를 쓰고 있었다. 어떻게 하면 젖은 우산을 우아하게 보관할 수 있을까? 백화점에 가도 우산 꽂이부터 확인했고, 다른 레스토랑에 가도 우산 꽂이를 살폈다. 비 오는 날에는 우산 꽂이를 보러 거리를 돌아다녔다. 다들 비슷했다. 아무리 생각해도 뾰족한 수가 없었다.

몇 주가 지났을까. 비 오는 어느 날 뉴욕 5번가 맨해튼의 아르마니 매장 앞을 지나가다 내 눈이 커졌다. 문 앞에 선 직원이 매장에 들어오는 손님에게 우산 가방을 건네는 것이었다. 저런 방법도 있구나! 쇼핑백처럼 두꺼운 비닐 재질의 우산 가방은 손잡이가 달려 있어서 들기도 편했고 검은 바탕에 흰색으로 조르지오 아르마니라는 글씨가 새겨져 있어서 고급스러워 보였다. 우아함을 강조하는 매기의 취향에 딱일 것 같았다. 답을 여기서 발견하다니! 당장 매장 문을 열고 들어갔다.

"안녕하세요. 저는 르 버나딘의 경영보좌관입니다. 실례지만 우산 가방 제작을 맡긴 업체를 알 수 있을까요? 제 상사가 젖은 우산을 보관하는 다른 방법을 찾아보라고 했어요. 당신들이 그런 우아한 방법을 알고 있는 것 같네요!"

업체 전화번호를 받은 나는 바로 전화를 해서 아르마니의 그 것과 비슷한 가방을 제작했다. 검은색이면 단가를 낮출 수 있었지만 완벽주의자 매기의 요구는 세심했다. 르 버나딘 로고처럼 무조건 바탕은 흰색으로 하고 파란색으로 로고를 찍어야 했다. 그에 맞춰 우산 가방을 제작했다. 비 오는 날에 손님용 코트 옷걸이 반대편에 우산 가방들이 줄지어 걸렸다. 매기의 말대로 '엘레강스' 했다.

완벽주의자 매기에게 맞추기 노력하면서 나는 마지막까지 완벽에 완벽을 기하는 노하우를 익혔다. 매기가 파리 출장을 간다고 하면 그녀를 위해 파리의 날씨 일주일치를 프린트해 두었고, 그녀가 블라우스를 보내 달라고 하면 두꺼운 종이로 고정을 해서 한지에 싸서 보냈다. 아무리 작은 일이라고 해도 그냥 넘기지 않고 꼼꼼히 살펴보며 수행했다.

5년이 지나 내가 그곳을 떠나는 날, 매기는 나를 꼭 껴안고는 이렇게 말했다.

"줄리아는 내 평생 최고의 보좌관이었어요."

미란다는 정말 영화 제목대로 '악마'였을까? 나는 그렇게 생각하지 않는다. 악마였다 하더라도 능력 있는 악마였을 것이다. 앤드리아도 그녀를 미워할 수만은 없었을 것이다. 매기는 가혹하리만큼 철저한 완벽주의자였지만 그녀 덕분에 나는 디테일을 챙기는 습관과 우아한 예의를 갖추는 법을 배웠다.

이제는 선택해야 하는 순간

하루에도 몇 번씩 우리는 선택의 기로에 서서 생활한다. 버스를 탈까, 지하철을 탈까? 아니면 바쁜데 택시? 짜장면을 먹을까 짬뽕을 먹을까? 이동을 할 때도 한 끼 식사를 할 때도 옷을 고를 때도 마찬가지다. 여기에 직장이나, 금전적 투자처럼 중요도가 높아지고 잘못 선택할 때 손해가 크다면 선택은 더 조심스럽다.

일상적인 선택도 있지만, 가끔은 삶의 기로를 결정하는 선택도 있다. 강을 건너는 것처럼, 어떤 선택은 돌이킬 수 없기도 하다.

2012년 10월, 허리케인 샌디가 미국 동부 지역을 강타해 뉴욕이 마비됐다. 돌풍과 폭우로 정전이 되고 지하철도 운행이 중단되었다. 뉴욕 증시도 1888년 폭설 이후 처음으로 이틀 연속 휴장을 했다. 가로수가 뽑히고 버스 정류장에 세워져 있는 철 기둥이 휘어졌다. 다들 겁에 질렸다. 원자력 발전소도 일부 가동을 중단하고 사람들은 만일을 대비해 사재기에 나섰다. 슈퍼와 상점에 빵, 물, 인스턴트식품, 휴지 등이 먼저 동이 났다. 레스토랑들도 이 상황에 대처하기 위해 동분서주했다.

르 버나딘에서는 매기와 셰프 에릭이 정전을 대비해 중대한 결정을 해야 했다. 이미 맨해튼은 대부분이 정전이 된 상태였다. 미드타운에 있는 건물들도 정전될 확률이 50% 이상이었다. 우리도 결정을 해야 했다. 전기를 다 끄고 태풍이 지나가길 기다릴 것인지, 전기를 켜 놓은 채 무사히 지나가길 기도할 것인지.

정전에 대비해 전기를 미리 꺼 놓으면 컴퓨터 등 전기 시스템이 망가지는 것을 방지할 수는 있지만 냉장, 냉동고에 보관되어 있는 고가 식재료와 와인들이 상하게 된다. 그렇다고 전기를 켜 놓으면 만약에 정전이 될 경우 전기선 손상이 예상되었다. 손상된 전기선을 복구하는 것이 얼마나 걸릴지 이 상황에선 아무도 예측할 수 없었다.

몇 시간이 흘러도 답은 나오지 않았고 돌풍과 폭우는 점점 거세졌다. 경영보좌관인 내 입술도 바짝바짝 타 들어갔다.

"매기! 제가 레스토랑에서 밤을 새우겠습니다. 우리의 운이 좋기를 바라고 일단 전기를 켜 놓은 상태로 있을게요. 만약에 새벽에 정전이 되면 고가 식재료와 와인을 아이스박스에 넣어 놓겠습니다."

"줄리아, 괜찮겠어요? 내일 아침이면 지하철, 버스, 택시 모두 다니지 않을 텐데요. 어떻게 하려고 해요?"

"저는 집까지 걸어서 갈 수 있어서 괜찮아요."

그들의 동의로 나는 레스토랑에 혼자 남았다. 양초와 성냥, 아이스박스, 마실 물, 손전등 등 정전에 대비한 물건들을 챙겨 놓았다. 레스토랑 전담 보초로 태세를 갖추었다. 밤이 지나 새벽이 다가왔다. 다행히 밤새 전기가 나가지 않았다. 하늘이 도와 미드타운 지역은 정전 없이 무사히 지나간 것이다.

사실 그 무렵은 한국 내 호텔과 기업들에게서 일자리 제의가 들어오던 때였다. 우리나라에 갈 것이냐, 미국에 계속 있을 것이냐. 갈등이 깊었다. 우리나라에 간다면 급여도 더 많이 받을 수 있었고, 무엇보다 친구들과 부모님도 볼 수 있었다. 뉴욕의 비싼 월세를 감당할 필요도 없었다.

'그렇지만 우리나라에 가지 않은 지 벌써 20년인데. 내가 잘 적응할 수 있을까?'

'뉴욕에 계속 있으면 승진도 할 수 있을 텐데. 무엇보다 뉴욕

은 호텔과 레스토랑 업계에서 매력적인 곳 아닌가!'

여러 마음이 교차했다. 매일매일이 새로운 뉴욕 생활을 포기하기도 힘들었고, 우리나라에 대한 그리움도 커져갔다. 나는 각 결정의 득과 실을 비교했다. 흰 종이를 반을 갈라 한쪽엔 결정에 대한 이익을, 다른 한쪽엔 손실을 써서 비교했다. 결국 나는 마음의 결정을 내렸다.

"매기! 저는 르 버나딘이 이제까지 제가 경험한 직장 중에 최고라고 생각합니다. 매기는 나와 함께한 상사 중에 나를 가장 잘 이해해 주었어요. 저 역시 매기가 최고의 상사입니다. 그렇지만 저는 이제 여기에서 안주하지 않고 새로운 도전을 하고 싶어요."

"한국에 가기로 결정했어요?"

"네. 한국에 가서 매기에게 열심히 배운 점들을 후배들에게 가르쳐 주고 싶습니다."

미국에서 혼자 생활을 하다 보니 모든 걸 혼자 결정해야 하는 순간들이 많았다. 오빠들에게도 의견을 구하고 한국에 계시는 나의 영원한 멘토 이성철 교수님께도 조언을 받았지만 결국 결정은 내가 해야 하는 것이었다. 그렇게, 나는 우리나라로 다시 돌아오게 되었다.

4부

삶에는 지름길이 없다고 하니까

영웅이 필요 없는 세상에서 히어로로 산다는 것

영웅 서사는 복잡하지 않다. 영웅은 정의롭고, 악당은 사악하며, 시민들은 나약하다. 영화를 보는 동안 주인공 편에 서서 응원을 하며 즐기기만 하면 된다. 슈퍼맨이 영화 초반에 힘을 제대로 쓰지 못한다고 해서 그의 승리를 의심할 이유도 없고, 아이언맨이 새로운 무기를 개발한 악당에게 좀 맞는다고 해서 해피엔딩이 아닐까 봐 마음 졸일 필요도 없다. 그는 곧 분연히 일어나 정의를 실현할 테니까! 현실도 이렇게 단순하다면 누구도 인생이 어렵다고 말하지 않을 것이다. 현실은 복잡하다. 모든 상황마다 답이 다르다.

사회에 나가면 정답이 모호한 상황에서 어떤 포지션을 취해야 할지 난감할 때가 많다. 정의를 실현하는 요술 봉을 휘두르고 싶지만 무엇이 정의인지 애매하기만 하다. 고용주의 입장을 들어 보면 이해가 가고, 고용인의 처지를 알고 보면 딱하기 그지 없다. 다른 두 입장 사이에서 어느 편을 들기보다는 어떻게 조율할 것인지를 찾아야 한다.

글로벌 기업인 모 회사에서 일할 때 그런 상황에 자주 놓였다. 2013년에 귀국한 나는 전 세계 19개국에 650개가 넘는 매장을 둔 프랑스 브랜드를 운영하는 한국 기업에 입사했다. 사무실에는 15명의 사무직이 있었고 각 매장에 정규직과 비정규직이 고용되어 있었다. 매장 중심으로 운영하는 회사여서 사무직보다 매장 직원이 절대적으로 많았다. 매장에는 직원들을 관리하는 매장 매니저와 빵을 만드는 제과장급만이 정규직이고 나머지는 모두 비정규직이었다.

근무를 시작하면서 살펴본 결과, 매장 내 정규직들의 근속 연수가 짧았다. 매장 관리를 담당하는 매니저들은 보통 대학교를 졸업하고 1~2년 경력이 있는 사원들이었다. 어렵게 뚫은 취업 관문을 이렇게 금방 포기하는 이유가 뭔지 궁금했다. 매니저가 오래 근무하지 않으면 브랜드 관리의 일관성을 확보하기 어렵고 사무실의 경영 팀과 매장의 소통이 원활할 수가 없다. 새로운 직원에게 처음부터 다시 가르쳐야 하는 시간 투자와 비용 지출 역시 문제가 되었다. 이유를 찾아야 했다.

나는 매장을 방문했다. 정규직 매니저들과 비정규직 사원들의 얘기를 각각 들어 보니 매장마다 그들 간의 갈등이 빈번했다. 계약직 사원은 회사에서 직급은 낮지만 잔뼈가 굵은 현장파인데 반해, 관리직인 매니저들은 학력만 더 높을 뿐이지 경험이 없어서 현장에선 맥을 못 추었다. 계약직 사원들은 대부분 경력 있는 30~50대의 여성들이었고, 매니저들은 이제 막 대학을 졸업한 파릇파릇한 20대 후반이었다. 연륜 있는 계약직 사원들에게 솜털이 보송한 매니저들은 병아리쯤으로 보였을 것이다.

"빵을 이렇게 진열하시면 어떡해요. 본사에서 정한 지침대로 하셔야죠."

"매니저님이 뭘 모르시네. 여기 손님들은 이 빵을 더 좋아해요. 더 좋아하는 걸 잘 보이는 데 놓아야 잘 팔리죠."

"본사 정책에는 다 이유가 있는 거예요. 브랜드 일관성도 중요합니다."

"제가 백화점 경력만 20년이에요. 매니저님보다는 제가 더 잘 알아요."

현장에서 일해 본 사람이라면 알겠지만 현장 사원의 고집은 만만치 않다. 둘 사이 갈등이 깊어지다 보니 매장 운영이 제대로 될 리가 없었다. 수가 많은 계약직 사원들은 매번 매니저와 갈등을 빚었고, 매니저들은 빨리 그만뒀다.

경험이 없다고 해도 회사가 임명한 관리직이니 무조건 따르라고 계약직 사원들에게 엄포를 놓아야 할까? 아니면 계약직을 잘 통솔하는 것도 관리직 업무 중에 하나라며 매니저들에게 책임을 물어야 할까? 칼로 무 자르듯 명확한 방법이 있는 히어로의 세계라면 좋으련만 이도 저도 적절한 해결 방법이 아닌 것 같았다.

매니저가 현장을 통솔할 수 없다면, 계약직 사원들이 똘똘 뭉쳐 매니저에게 반발한다면 그들의 힘을 분산하면서 회사에 책임을 다하게 하는 방법을 찾아야 했다. 고민 끝에 내가 내린 답은 '힘의 균형점 찾기'였다. 계약직 사원 중 경력이 많고 나머지 사원들의 신임을 받는 한 명을 뽑아 계급장을 달아 주자는 전략이었다. 매니저와 계약직 사원 사이에 '주임'이라는 직위가 생기는 것이었다.

이렇게 하면 계급장을 단 주임은 일반 계약직보다 조금 더 나은 대우를 받게 된다. 그만큼 책임감도 더 생긴다. 매출에 신경 쓸 수 있는 주인 의식을 갖게 된다. 관리직인 매니저와 공통의 목표를 갖게 되는 셈이다. 당연히 관리직을 따돌리는 일도 줄게 되고, 회사의 이익에 반하는 집단행동을 할 확률도 낮아진다. 그리고 중간에서 소통을 해 주니 회사에 무리가 되지 않는 선에서 계약직의 현실적인 조언도 전달할 수 있다.

내 전략을 경영진과 사무실 업무 팀은 반대했다.

"하 이사, 누가 아줌마를 주임으로 임명해요? 기존 매니저들이 잘할 수 있어요."

"하 이사님, 그렇게 간단히 풀 수 있는 문제가 아닙니다. 계약직은 계약직 사원이지 매니저급처럼 직위를 올려 줄 수는 없습니다."

나는 기존 형식과 틀 안에서만 대안을 찾으려 하지 말고 그걸 넘어서 새로운 방법을 시도해 봐야 한다고 생각한다. '시도는 해 볼 수 있는 거 아냐. 안 된다면 그때 다시 고민해도 돼.' 나는 계속 설득했고 결국 승낙을 얻어 냈다. 계약직 사원 중 제일 나이 많은 고참 한 명을 주임으로 임명하고 나니 확실히 매니저와 계약직 사이의 갈등이 줄었다. 무조건 매니저에게 잘 하라고 채근하지도 않았고, 현장을 알지도 못하면서 수치로만 평가하지 않은 성과였다. 조직의 구조를 파악해서 힘의 균형점을 맞추는 것이 그 문제를 해결하는 열쇠였다.

세상은 영화 속 세계처럼 단순하지 않다. 슈퍼맨이 와도 배트맨이 와도 해결하기 어렵기는 마찬가지다. 직장에서 상사들은 문제점을 보고받는 것보다 해결책을 듣고자 한다. 어쩌면 현실 세계에서 문제를 해결하는 우리가 진짜 히어로가 아닐까.

그래도 같은 곳을 보고 있으니까

흔히 서로 다른 양쪽 입장 사이에서 난처한 상황에 처할 때 샌드위치 사이에 끼었다고들 한다. 나 역시 오랜 세월 동안 두 쪽 빵 사이에 낀 속 재료처럼 살았다. 손님과 회사 사이, 상사와 부하 사이, 교수와 학생 사이. 사실 샌드위치가 아닌 적이 없었다.

모 회사에 다닐 때도 예외는 아니었다. 국내에 많은 해외 프랜차이즈 기업들이 해외 본사의 레시피를 받아서 국내에서 제작을 한다. 물론 해외의 식자재와 한국의 식자재가 다르고 수입이 불가한 재료들도 있어서 100% 동일한 제품을 생산하기가 어렵지만 최대한 비슷한 크기와 색과 맛을 만들어 내야 하지 않을까. 그래야 한 브랜드를 쓸 수 있지 않은가.

어느 날 매장들을 둘러보다가 매장마다 빵의 크기와 색깔과 맛이 다르다는 것을 깨달았다. 파리와 뉴욕에서 맛보았던 맛과 모양도 아니었다. 어떤 매장의 빵은 다른 매장보다 크기가 작았고, 어떤 매장의 빵은 색소를 많이 넣었는지 색이 몇 배나 진했다. 본사에서 중량을 정확하게 명시한 레시피를 보내 주기 때문에 본사의 지침을 따랐다면 일어날 수 없는 일이었다. 왜 이런 일이 일어날까? 나는 매장을 돌아다니며 제과 팀들이 빵을 만드는 과정을 지켜보고 직원들의 말을 들으며 이유를 알았다.

우리나라는 가까운 일본이나 동남아시아에 비해 식품의약품안전처 규율이 까다로워 해외 재료들의 수입이 쉽지 않다. 예를 들면 향신료, 색소 등의 수입이 제한되어 있어 해외 브랜드의 제품을 그대로 구현하기가 어렵다. 게다가 해외 레시피를 그대로 구현하면 우리 입맛에 잘 맞지가 않다. 그래서 해외 브랜드를 입점할 때 이런 점에 대해 충분히 논의하고 최적의 해결점을 찾는 게 중요하다. 하지만 우리 문화에서 좋은 게 좋은 거지라는 생각으로 사업이 대략 시작된다. 매장의 제과장들은 해외 본사와 일일이 타협하고 조율할 수도 없지만 해외 브랜드들은 그들의 브랜드 가치를 소중히 여기기에 한 치의 타협도 허락하지 않으므로 자기 책임 하에서 레시피를 변형했다.

나는 한국 현지의 고충을 모두 기록하고 우리가 개선해야 할 점과 해외 본사가 협조해야 할 부분을 나눴다.

먼저 우선순위로 해야 할 과제는 전 매장 제품의 일관성이었다. 나는 메뉴 개발 팀 과장을 품질 관리자인 QC로 지정하여 매주 한 번씩 매장을 돌며 빵의 형태와 색, 맛 등이 같은지 감독하게 했다. 또한 각 매장의 제과장들에게 그 지역의 특산물로 그 지역 손님의 선호도가 높은 신제품을 개발하게 했다. 모든 신제품은 메뉴 개발 팀에서 하지만 나는 각 매장의 제과장에게도 재능을 발휘할 기회를 부여했다. 제품의 품평은 매월 영업 실적 회의에서 하기로 했다.

다음으로 프랑스 본사와 협의를 했다. 버터와 김치의 싸움에서 잘되면 맛있는 김치볶음밥이 될 것이고 못되면 뭉글한 버터 김치죽이 될 것이다. 프랑스 본사는 1년에 두 번 글로벌 디렉터가 시찰을 온다. 그때를 맞추어 나는 자료와 협의 내용을 준비했다.

나는 우리 실력으로 못 하는 부분과 재료의 한계로 못 하는 부분을 구분했다. 실력이 부족한 부분은 개발 팀을 파리로 초청해 기술을 전수해 줄 것을 제안했고 그래도 구현이 어려운 제품은 빼 줄 것을 요청했다. 재료의 한계로 제품의 완성도가 떨어지는 제품은 우리나라에서 공수 가능한 재료로 만든 메뉴를 개발

해 줄 것을 부탁했다. 당연히 그들의 대답은 'No'였다.

파리로 한국의 직원을 파견할 경우 비용 지출이 크고 파리 공장을 아무에게나 오픈하여 기술 전수를 할 수는 없다고 했다. 구현이 어렵다고 제품을 다 빼다 보면 프랑스 브랜드의 정체성이 없어지고 한국만을 위해 메뉴 개발을 다시 하는 건 시간상 오래 걸릴 뿐더러 현실적으로도 어렵다고 했다.

나는 직원 파견 비용은 우리가 부담할 테니 대신 재계약 협상 때 로열티를 낮춰 달라고 했다. 파리 공장에서 기술 전수가 힘들다면 파리의 플래그십 스토어에서 우리 매장 직원과 제과장이 보고 배울 수 있게 해 줄 것을 제안하면서 한국만의 메뉴 개발이 어렵다면 대체 재료를 우리가 선택할 테니 허락해 달라고 요구했다. 마지막으로 빵의 종류를 3군으로 나눠 프랑스와 동일해야 하는 제품군, 계절 재료 제품군, 각 매장별 지역 특색 제품군으로 만들어 매출 상승에 돌파구를 찾겠다고 했다. 몇 차례의 협의 끝에 최적의 해결점을 도출하여 매장은 예전보다 훨씬 완성도 높은 제품으로 손님을 맞이할 수 있었다.

살면서 나는 이렇게 샌드위치처럼 끼일 때가 많았다. 여기서는 저쪽 편이라고, 저쪽에서는 이쪽 편이라고 내게 손가락질을 했다. 억울할 때마다 진짜 내가 원하는 목표에 대해 생각했다.

저들도 각자의 사정이 있을 거라고. 그래도 우리는 같은 목표를 향해 가고 있다고.

아무 이유 없이 그러진 않을 거잖아

"외식업계에서는 후발 주자이지만 새로운 시도를 적극적으로 해서 좋았습니다. 그럼에도 불구하고 모체가 유통 기업이어서 전문적인 부분이 조금 부족한 것 같습니다. 제가 그 부분을 보완할 수 있을 것이라 생각합니다."

모 회사와의 인터뷰에서 왜 입사하고 싶냐는 질문에 이렇게 대답을 했다. 20년의 해외 생활을 마치고 귀국했을 때 사람들은 그 좋은 미국을 두고 왜 한국에 돌아왔냐고 물었다. 나는 미국에 있는 동안 여느 평범한 직장인으로 살았지 나를 재미 교포나 미국인으로 생각하지 않았다. 미국으로 간 것도 기회를 붙잡은 거지 미국이어서 간 것이 아니다. 우리나라로 돌아온 것도 일할 기회를 붙잡았기 때문이다. 20년 전과 다른 점이 있다면 후배들에게 도움이 되고 싶은 바람이 생겼다는 것이다. 한편으로는 주머니 사정 걱정 없이 맘 편히 실컷 먹으며 살고도 싶었다.

대기업 조직 문화는 공채로 들어온 순수 혈통파와 경력직으로 들어온 외부 수혈파를 구분했다. 나는 외부 수혈파 중에서도 여자이고 해외파라 외계인처럼 느껴졌다. 그래서 처음에는 여러 가지 시도와 변화를 추진하는 데 있어 상사와 부하 직원들, 유관 부서의 동의와 협조를 구하기가 어려웠다. 하지만 미국에서도 늘 쉽게 일을 했던 적은 없었으므로 낙망하지는 않았다. 이가 없으면 잇몸으로 해결하기로 했다. 일단 발로 뛸 것! 현장으로 갈 것! 노력할 것!

변화와 개선의 그림은 머리로만 그릴 수 없다. 현실성을 담기 위해 현장으로 뛰어갔다. 내 업무는 여러 외식 브랜드를 관리하는 일이었다. 그 브랜드들은 많은 적자로 문 닫기 직전의 브랜드들이었다.

보통 부장들은 사무실에 앉아 전략을 짜고, 과장들이 매장에 나가 매니저들을 관리, 감독한다. 하지만 나는 과장들의 보고도 듣지만 직접 내 눈으로 확인하고 싶었다. 그래서 6시 퇴근종이 울리면 사무실을 나와 바로 현장으로 갔다. 처음에 집중했던 브랜드는 수제 맥줏집 브랜드였다.

이곳은 오픈할 때만 해도 그 규모와 콘셉트 덕분에 문전성시를 이루었다. 입장하기 위해 줄을 한 시간씩 서는 건 기본이었다고 했다. 그런데 오픈한 후 6개월 만에 분위기가 달라졌다. 매출이 계단식으로 뚝뚝 떨어졌다. 380명을 수용할 수 있는 홀에 손님은 고작 15명이었다. 매출이 떨어지면 가장 먼저 인건비 절감을 하기 위해 직원 수를 감축한다. 직원이 줄면 아르바이트생보다 매니저들이 고생한다. 아르바이트생은 시간만큼 일하고 자리를 뜰 수 있지만 정직원인 매니저들은 근무 시간이 하염없이 늘어나기 때문이다. 새벽에 문 닫고 다시 아침에 출근하는 매니저들의 처지가 안타까웠다. 외부 손님보다 내 직원을 챙기는 게 먼저였다. 지친 그들을 끌고 치열한 경쟁터로 나갈 수는 없었다.

나는 매일 본사 업무가 끝나면 매장으로 가서 새벽 한 시까지 함께 일했다. 설거지를 하고 서빙을 하고 쓰레기를 버렸다. 처음엔 내가 왜 오는지 의아해하던 직원들도 나를 한 명의 인력으로 생각하면서 점점 편하게 대했다. 6개월 동안 하루도 빠지지 않고 매장에 나갔다. 매일 보는 얼굴 앞에서는 딱히 숨길 것도 더 포장할 것도 없었다.

직원들과 함께 일하다 보니 뭐가 힘든지 보였다. 언뜻 보기에는 이유를 알 수 없는 행동들이 나도 정신없이 일을 하다 보면 그들이 왜 그런 방식을 택했는지 이해할 수 있었다. 매장의 매출이 줄면서 본사에서 돈이 더 풀리지 않자 잔이 깨져도 잔을 새로 살 수가 없었고 앞치마가 해져도 새로 해 달라는 말을 못 했다. 직원들이 식사를 하는 방은 좁고 어두웠다.

돈으로 해결할 수는 없지만 몸으로 해결할 수 있는 일을 먼저 나서서 했다. 매장에는 밥을 해 주는 분을 외부에서 고용해서 작은 방에서 직원들이 끼니를 해결했다. 식사 공간도 깨끗하지 못했다. 새로 만들어 줄 여유는 없어서 인테리어 팀에게 남는 페인트를 얻어 와서 공간을 청소하고 페인트칠을 했다. 근사한 인테리어를 해 줄 돈은 없지만 페인트 정도는 내가 직접 칠해 줄 수 있었다.

매장에 갈 때마다 양손 가득 간식을 사 갔다. 무겁고 갑갑하다는 의견이 많았던 가죽 멜빵을 벗게 하고, 땀이 범벅된 두꺼운 긴팔 티셔츠 유니폼을 얇고 가벼운 것으로 바꿨다. 업무 환경과 복지가 좋아지자 내가 강요하지 않아도 직원들은 앞서서 매출을 높일 아이디어를 냈다.

"소시지와 맥주를 같이 파는 소맥데이를 만들어요!"

"화요일엔 불 화火 자를 따서 매운 음식 세트를 판매하는

'Fire Day'를 운영하면 어떨까요?"

"반반 치킨도 해요. 양념 반, 프라이드 반이요."

직원들의 아이디어를 적극 활용하고 나도 아이디어를 덧댔다. 소맥데이, 1+1 이벤트로 월요병 탈출하기, 〈악마는 프라다를 입는다〉를 콘셉트로 프라다는 악마를 마신다로 프라다 제품 선물하기 등 다양한 이벤트가 열렸다. 외부 회사와 컬래버레이션을 진행해 캐나다 구스와 북극곰 살리기 프로젝트도 진행했다. 직원들이 영화에 나오는 춤을 연습해 손님들 앞에서 칼군무를 선보이기도 했다. 이벤트의 목적은 우리 매장을 방문해 주시는 분들에게 재미를 드리기 위함이었다. 단순히 맥주 한 잔 더 팔려고, 눈앞의 매출을 올리려고 이런 이벤트를 한 것이 아니었다. 교통도 좋지 않은 곳을 찾아 일부러 먼 길을 온, 아직도 우리를 찾아 주는 손님들이 '잘 마시고 간다'라는 마음을 갖기를 바랐다. 텅 비었던 380석 매장이 손님들로 차기 시작했다. 매출이 다시 오르고 적자에서 흑자로 돌아섰다. 대기 줄이 다시 생기고 손님들 얼굴에도 만족한 미소가 번졌다.

직원들과 동고동락하기를 몇 개월, 드디어 대표에게 중간보고를 할 수 있었다. 아직 매출이 크게 반등하지 않은 상황에서 돈을 좀 더 써야 한다고 말을 꺼내기가 쉽지 않지만 그래도 누군가는 꼭 해야 할 말이었다. 나는 대표에게 구멍이 숭숭 뚫려 누더기가 된 직원의 앞치마를 보여 드렸다.

"대표님, 직원들 앞치마가 지금 이렇습니다. 맥주잔도 없고요. 복사기에 잉크도 없어요. 적자 상황에서 지출을 줄여야 하지만 정말 필요한 건 살 수 있도록 해 주세요. 당분간 돈을 써야겠습니다."

다행히 승낙을 얻었다. 나를 믿고 흔쾌히 승낙해 주신 대표님이 지금도 감사하다. 덕분에 숨통이 트였다. 맥주잔도 샀고, 앞치마도 새로 장만했다. 찜통 같던 주방에 새 에어컨도 달았다. 이제부터 시작이었다.

손님의 마음을 사로잡기 위해 마케팅 팀은 책상에 앉아 열심히 회의를 한다. 그러나 답은 늘 현장에 있다고 나는 믿는다. 현장에는 영업 최전선에 있는 직원들이 있다. 손님의 마음을 잡기 전에 직원의 마음을 잡지 않으면 상황은 나아지지 않는다. 아무리 좋은 전략이라도 회사에 마음이 떠난 직원들은 번거롭게 받아들일 수 있기 때문이다.

살다 보면 밖의 것을 챙기느라 안에 소홀해질 때가 있다. 곁에 있는 건 원래 그런 거라고 생각하며 우선순위에서 밀어 버리기도 한다. 그리고 잃었을 때야 그 소중함을 다시 깨닫는다. 그런

깨달음은 되새기지 않으면 손가락 사이로 자꾸 흘러나와 놓쳐
버리는 것이라, 지금도 가끔 스스로에게 말한다. 가진 것을 소중
하게 생각하자고. 가까운 것을 먼저 돌보자고.

힌트를 주는 것뿐이야

"누가 오른뺨을 치거든 왼뺨마저 돌리고 또 재판을 걸어 속옷을 가지려고 하거든 겉옷까지도 내주어라. (중략) 원수를 사랑하고 너희를 박해하는 사람들을 위하여 기도하여라."

성경 마태복음 5장에 나오는 이야기다. 기독교를 존중하고 예수님을 존경하지만 사실 이런 마음을 먹기는 쉽지 않다. 내가 성인이 아니어서 그런가 보다. 그에 반해 〈논어〉에 나오는 공자님의 이야기에는 어쩐지 공감이 간다. 논어 에세이 〈우리가 간신히 희망할 수 있는 것〉에는 이런 문구가 나온다.

"〈논어〉에 따르면 모든 이로부터 사랑받는 것은 결코 바람직

하지 않다. 모든 이들이 좋은 사람은 아니기 때문이다. 차라리 좋은 사람들이 좋아하고 나쁜 사람들이 미워하는 것이 낫다."

모 회사에서 일하면서 매일 현장에 나가고, 직원들의 고충을 듣는 것이 모든 사람에게 칭찬을 받는 일은 아니었다. 오히려 그 반대였다. 다른 팀의 부장들은 내가 현장에 있는 걸 아니꼽게 보았고, 현장에 있어야 할 과장들은 불편해했다. 무엇보다 매장에서 일을 게을리 하는 사람이나 남을 괴롭히는 사람들은 자신보다 지위가 높은 내가 그곳에 있는 걸 싫어했다. 그러니 직원들이 나를 반긴다고 해서 모두가 나를 좋아한 건 아닌 셈이다.

나는 수제 맥줏집뿐 아니라 뉴욕의 고급 식료품점 및 카페 체인을 가진 브랜드도 관리하고 있었다. 나는 이곳에서 직원들에게 무기명으로 의견을 받았다. 직원들 인사 기록도 살폈다. 비정규직의 퇴사율이 비정상적으로 높았다. 다들 몇 달도 견디지 못하고 이곳을 그만뒀다는 뜻이다. 아니나 다를까. 직원들의 메모에는 주방장이 무서워서 일을 못 하겠다는 의견이 가득했다. 주방장이 심기가 좋지 못할 때는 주방에서 프라이팬을 집어 던질 때도 있단다. 당장 주방장을 불렀다.

"주방장님은 가장 어린 직원과 나이 차이가 대략 얼마나 나죠?"

주방장은 삼십 대 초반이었고 주방에서 일하는 비정규직 직원들은 기껏해야 스물대여섯, 적게는 이십 대 초반이었다.

"대충 일곱 살 정도 되는 것 같네요."

나는 다시 물었다.

"그럼 주방장님과 저는 몇 살 정도 차이 날까요?"

"열 살 이상 나는 것 같습니다."

다음에는 직급에 대해 물었다.

"주방장님과 이제 막 들어온 신입 사이에는 직급 차이가 좀 있죠?"

"가장 어린 친구는 비정규직이니까 조금 차이가 나죠."

"주방장님과 저는요?"

어딘가 이상한 낌새를 눈치 챈 주방장이 내 눈치를 봤다.

"그것보다 직급 차이는 더 나겠죠?"

나는 그제야 참았던 말을 꺼냈다.

"화나면 직원들에게 프라이팬을 던진다고 하던데, 저도 주방장님이 하시는 행동을 기준으로 할 겁니다. 나이도, 직급도 차이 나는 직원들에게 프라이팬을 던지신다고요? 그럼 제가 주방장님께 프라이팬보다 더한 걸 던져도 할 말이 없으시겠네요? 저는 주방장님의 나이 많은 상사잖아요."

나이 많은 여자 상사의 훈계가 아니꼬웠을까? 주방장은 다음 날로 회사를 그만뒀다. 살벌했던 주방 분위기가 누그러지면서 직원들은 더 이상 주방장 심기를 살피지 않고 일에 집중할 수 있었다. 이제 주방에서 프라이팬이 날아다닐 일은 없을 거다. 고성과 욕설도 내가 근무하는 한 없을 것이다.

내가 브랜드 관리를 하고 나서는 회사나 직원들에게 도움이 되지 않는 사람이라고 생각하면 가차 없이 제재를 가했다.

주방장에 이어 눈에 띈 건 매장의 매니저. 내가 찾아갈 때마다 자리를 비우는 건 기본이오, 심지어 팀장인 내가 전화를 걸어도 누군지를 몰랐다. 그는 매장의 직원이 아니고 매장에 구경 나온 손님이었다. 매장이 휘청거리는 데는 항상 이유가 있었다. 어떻게 하면 이 매니저에게 자신의 태도를 스스로 돌아보게 할 수 있을까 고민 끝에, 바쁘고 일손이 딸리는 다른 매장을 둘러보게 하면 어떨까 하는 아이디어가 떠올랐다. 이제까지 열심히 쉬었으니 땀을 좀 흘리며 월급 값을 해야 하지 않을까? 이 브랜드 매니저를 수제 맥줏집으로 보내 설거지부터 하게 했다. 팀장인 나도 하는 설거지, 그가 못할 리 없다. 그도 금방 사직서를 내밀었다.

내가 직원 복지를 먼저 챙긴다고 해서, 회사에 도움이 되지 않는 직원들까지 안고 가는 건 아니다. 회사에 도움이 되지 않는 직원들을 과감하게 교체한 건 나뿐이었다. 아무도 악역을 맡고 싶지 않은 조직에서 입바른 소리 하는 내가 곱게 보이지 않았을 거였다.

그러나 나는 내 왼뺨을, 아니 회사의 왼뺨을 치는 직원에게 오른뺨을 내주라고는 말할 수 없을 것 같다. 오히려 모든 사람들이 좋은 사람은 아니므로, 일부 사람에게 욕을 먹는다고 해서 네가 나쁜 사람이라는 생각은 버리라고 말해 주고 싶다. 하지만 일단 적을 만들지 말고 나의 신념이 관철되는 시간과 기회를 엿보는 것도 필요하다 말하고 싶다. 이건 타협이 아니라 현명함을 기르라는 의미다. 조금 기다리고 조금은 타협하며 오래 버티는 사람이, 결국엔 자신이 원하던 세계를 구축할 수 있는 걸 수도 있다. 당신의 답은 당신이 찾아갈 수 있으리라 믿는다. 나는 다만 힌트를 줄 수 있을 뿐이다.

의미를 찾는 일

요즘 젊은 세대들은 자신의 이력을 '스펙Spec'이라는 단어로 표현한다. 토익 900점, 학점 3.9, 컴퓨터 자격증 1급. 이런 식이다. 이런 증명에 매달리는 세대가 이해가 가면서도 '스펙'이라는 단어에 안타까움을 느끼는 건 어쩔 수 없다. '스펙'은 원래 컴퓨터나 기계의 사양을 표현하는 말이기 때문이다. 인간이 기계도 아닌데, 어째서 숫자로 매겨진 사양으로 표현되어야 하는 걸까?

취업을 할 때는 다르겠지만, 비즈니스에서 누군가를 설득할 때는 숫자뿐 아니라 스토리도 중요하다. 상대의 마음을 읽는 것도 중요하다. 단순히 우리 사업이 이렇게 잘 될 것이므로, 혹은 당신이 여기에 오면 이만큼 돈을 벌 수 있으므로 당신은 꼭 내 제안을 수락해야 한다는 식의 논리가 반드시 먹히지는 않는다. 모 회사에서 새로 호텔을 론칭할 때도 그런 에피소드가 있었다.

회사에서 내가 맡은 브랜드들이 하나씩 성과를 거두었다. 수제 맥줏집은 막 오픈했을 때보다 더 활발히 운영됐고 적자투성이의 브랜드들도 차츰 흑자 전환의 문 앞에 서 있었다. 근무한 지 2년이 넘었으니 밟을 만한 지뢰도 이미 다 밟았고 이제 좀 익숙해지는 생활이 되었다.

"하주현 씨가 신규 호텔의 기획과 오픈을 도와줬으면 좋겠습니다. 식음 디렉터로요."

상사의 명령에는 무조건 'YES'라고 하는 게 한국 대기업 문화라던데, 나는 완곡한 거절의 의사를 밝혔다. 쉬지 않고 달려와 이룬 성과들이 드디어 내 눈앞에 펼쳐졌고 이제 웬만한 일에는 웃어넘길 만한 여유도 생긴 시점에서 또 다시 가시밭길로 가기가 싫었다. 더군다나 신규 호텔 프로젝트는 이미 시작이 되어 있었으므로 론칭을 위해서는 많은 조율이 필요할 것 같았다. 하지만 나의 전공이 무엇인가? 호텔 경영이다. 결국 나는 그 제안을 받아들이게 되었다. 호텔로 발령을 받기 전 대표님께 한 가지 당부를 드렸다.

"분명 저와 이미 진행하고 있는 프로젝트 팀 사이에 의견 충

돌이 있을 것입니다. 이해해 주세요."

"그래서 하 팀장이 필요한 거야."

대표님의 신뢰를 확인하고 나는 제안을 수락했다. 나는 이 프로젝트의 방향을 사람들이 늘 붐비는 유쾌하고 활력 넘치는 호텔로 정했다. 이를 위해 식음 부문에서 획기적인 아이디어를 구상했다. 이 세상에 없는 호텔을 만들자는 오너의 모토 아래 호텔 내 모든 식음업장들의 가격을 다른 호텔의 2분의 1 수준으로 책정했고 메뉴 선정에도 많은 노력을 기울였다. 직원 채용도 정규직 대신 비정규직의 비율을 높여서 경력이 없더라도 젊고 의욕이 넘치는 사람들에게 기회를 주고 싶었다. 당연히 비용 절감에도 효과가 있어서 반대가 없었다.

신규 호텔의 식음 부문은 타 브랜드와 협업을 하는 콘셉트였다. 로비 라운지는 국내 베이커리와 커피 브랜드로, 레스토랑은 홍콩과 뉴욕 브랜드로, 바는 런던의 최고 바텐더들과 협업해 보자는 구상이었다. 하지만 그들의 노하우 값은 대단히 비쌌다. 그들의 요구를 들어주면 오픈과 동시에 오랫동안 적자의 늪에서 헤어 나오지 못할 것이고, 우리의 조건만 내세우면 협업은 물거품이 된다. 나는 협상 테이블에서 돈이 아니라 내 진심을 내놓았다. 홍콩과 뉴욕 브랜드 측에는 그들이 우려하는 바를 차단하여 현지와 동일한 서비스 질을 지킬 것을 약속했고, 런던의 3인조 바텐더들에게는 런던과 노르웨이까지 가서 만나 나의 열의와 진심을 보여 주었다. 이제 디저트 브랜드와의 협업이 남았다.

이 브랜드는 일본인 남편과 한국인 아내가 운영하는 디저트 가게였다. 특별한 광고도, 화려한 장식도 없이 말 그대로 제품의 질로 승부하는 디저트 가게다. 진정성이 있는 맛에 이미 많은 단골이 있고 마니아층도 두텁다.

첫 만남은 이 부부가 운영하는 가게 근처 커피숍에서 만났다. 수줍어 보이지만 강단이 있어 보이는 일본인 남편 파티시에 오오츠카 테츠야, 조용해 보이지만 모든 일을 주관하는 것처럼 보이는 아내 이민선 대표의 모습에 순간 주눅이 들었다. 간단히 인사를 나누고 이 대표는 우리들의 대화를 부지런히 남편 오오츠카 씨에게 통역을 했다. 오오츠카 씨와 나는 로부숑이라는 공통점이 있었다. 그는 동경의 라 부티크 드 조엘 로부숑의 부주방장이었다

어찌 보면 그와 나는 로부숑이라는 같은 학교의 졸업생인 것이다. 서로 옛이야기를 하며 잠시 초면의 어색함을 지웠다. 나는 새로운 호텔의 방향성과 스타일을 이야기하며 그들이 같이 협업했으면 하는 로비 라운지의 모습을 설명했다.

보통 카페의 두 배 이상 하는 커피와 음료 값, 밥 한 끼 값보다 더 비싼 디저트 값에서 벗어나 마음과 몸이 모두 즐거운 라운지를 만들고 싶다고 했다. 기물도 전형적인 호텔 스타일에서 벗어나 멋있는 카페에서 느끼고 보는 세련된 스타일로 고를 것도 이야기했다. 덧붙여 대기업은 해외 유명 브랜드하고만 협업한다는 전례를 깨고 싶다는 마음을 전했다.

한국의 기업 중 해외 유명 브랜드와 프랜차이즈 계약을 맺고 베이커리 사업을 하는 사례가 많다. 하지만 높은 로열티와 해외 재료 수급의 어려움으로 돈과 맛을 둘 다 잃고 결국 문을 닫는 경우가 많다. 나는 이들과의 협업이 모두에게 이득이 될 것이라 생각했다.

이들은 방배동에서 본인들의 가게를 운영하고 있으니 한국 손님의 취향이나 트렌드를 잘 알 것이고, 메뉴 개발도 현지에서 수급 가능한 신선한 재료를 쓸 것이다. 이들과 협업하는 것이 해외 브랜드와 계약을 맺는 것보다 훨씬 강점이 많다고 생각됐다. 이들에게는 대기업과의 협업을 통해 좀 더 큰 규모의 비즈니스를 해 볼 수 있는 기회이길 바랐다. 이 협업을 통해 이 부부가 다른 기회에도 도전해 볼 수 있길 나는 진심으로 원했다.

이야기 마무리 즈음에 나의 개인적인 바람을 이 부부에게 얘기했다. 언젠가 내가 운영하는 사업장이 수익을 많이 낸다면 사회 공헌 프로그램을 하고 싶다고 했다. 재능이 있지만 환경이 어려운 후배들에게 해외에서 배움의 기회를 주는 그런 일이다. 내 얘기를 듣고 아내 이 대표는 이렇게 말했다.

"제 남편도 평소 기부나 자선에 관심이 많아요."

불교학을 전공한 오오츠카 씨는 나와 같은 생각을 하고 있었다. 마음과 마음이 통한 이 협업은 성사가 되었다.

내가 만약 이들에게 우리와 협업을 하면 얼마를 벌 수 있을 거라고 제안을 했다면 과연 협업이 성사됐을까? 아마 거절당했을 것이다.

내가 20년 넘게 몸담은 호텔과 외식업 분야의 일은 대부분 사람이 하는 일이다. 그 어떤 전략과 기술보다도 사람의 마음을 사는 것이 가장 큰 무기다. 나는 늘 내가 남들보다 뛰어난 실력은 없지만 남보다 잘할 수 있는 한 가지는 사람에게 진실로 대하는 것이라고 생각한다. 세계적인 대가들과, 전문가들과 절반 비용으로 협업할 수 있었던 것은 협상의 기술이 아니라 그들에게 전한 나의 진심 때문이었다.

때로는 숫자보다 중요한 것들이 있다. 숫자로만 모든 걸 표현하는 세계에서 살아야 한다면 나는 서글플 것이다. 삶은 점점

더 획일화되고 정량화되어 가고 있지만, 그렇다고 해도 숫자 이
외의 것에서, 이야기에서, 사람에게서 의미를 찾는 일은 결코 없
어지지 않을 것이다.

삶에는 지름길이 없다고 하니까

문학평론가 김현은 『행복한 책 읽기』에서 이렇게 말한다.

"삶에는 지름길이 없다. 자기가 가야 할 길은 가야 한다."

삶에 지름길이 없는 이유는 멀리 돌아가는 길은 그곳에서만 보고 느끼고 배울 수 있는 것이 있기 때문이다. 어떤 길을 가든 그 길에서 느끼고 보고 배우지 못한다면 그의 삶이라고 할 수 없을 것이다. 지름길로 내달려 간 사람은 자신이 남들보다 성공적으로 살았다고 생각할 수 있지만, 자기가 가야 할 길을 멀리 돌아간 사람은 지름길을 간 사람이 살아보지 못한 삶을 산다.

"어차피 회사 일인데 뭐 하러 그렇게 열심히 해?"

회사 일에 열정을 태우는 나를 보고 누군가는 그렇게 말했다. 내가 기울어 가는 브랜드를 살리기 위해 집요하게 현장에 매달린 것도 그와 같은 맥락이다. 나도 책상에 앉아 브랜드 전략을 멋지게 구상하고 싶었다. 그렇지만 현장에서 답을 찾아야만 한다는 걸 알고 있다. 직접 돌아다니는 나에게 회사 내부에서 '그것도 미국식이야?' 하고 곱지 않은 시선을 보낼 때도 있었다. 하지만 나는 현장으로 가는 것을 멈추지 않았다.

손님의 재방문율이 낮았다. 음식점에서 가장 중요한 건 맛이다. 아무리 재미있는 이벤트를 하고 손님들의 불편 사항을 해소해도 음식이 맛이 없으면 다시 오고 싶은 마음이 생기지 않는다. 메뉴를 하나하나 테스트했다.

"치킨을 튀기면 항상 이렇게 튀김옷을 벗고 나오나요? 민망할 정도로 나체 치킨인데요?"

"햄버거 재료의 비율이 전혀 맞지 않아요. 양파가 고기 패티보다 더 두꺼워요."

음식 하나하나에 전문성을 더 기하기 위해선 주방의 쇄신이 필요했다. 내게 주방장보다 더 앞장서서 일하는 부주방장이 눈에 들어왔다. 근데 여자였다. 그게 문제였다. 그녀의 능력은 뛰어나지만, 여자를 주방장으로 앉힌다고 했을 때 주변의 반응이 뻔했기 때문이다. 주방에 여자 주방장이 거의 없는 이유는 주방은 칼과 불이 있어 위험하기도 하지만, 주방 일이 하루 종일 몸을 써서 바삐 움직여야 하는 육체적 피로도가 높은 업무라는 이유로 남자 주방장이 주를 이루는 문화로 자리 잡혀 있었기 때문이다.

나는 여성이지만 열심히 일하는 부주방장에게 기회를 주고 싶었다.

"제가 지금 큰 결심을 하려고 해요. 부주방장님을 주방장님으로 올리려고 하는데 잘할 자신 있나요?"

"네, 잘할 자신 있습니다!"

"제가 부주방장님을 주방장으로 올리려고 하면 다들 반대할 겁니다. 쉽지 않을 거예요. 만약 부주방장님이 주방장이 되었을 때 성실하게 해 주지 않으면 앞으로 여자 주방장이 나오는 일은 다시는 없을지도 몰라요. 제가 주장한다고 해도 위에서 받아들여 주지 않을 테니까요. 부주방장님의 책임감이 중요해요. 그래도 하시겠어요?"

"네. 열심히 하겠습니다!"

예상했던 대로 내 계획에 상무는 펄쩍 뛰었다. 오랫동안 결재를 미뤘다. 결국 나는 부주방장이 일을 잘 못한다면 내가 책임을 지겠다고 호언했다. 결국 여자 부주방장을 주방장으로 올리고 새 주방장과 함께 메뉴를 개편하고 음식의 질을 높였다.

매일 매출 목표를 잡고 시간 간격을 두고 매출 추이를 살폈다. 나는 시간마다 맞는 판매 전략을 지시했고 매장 매니저의 의견을 물어 그의 아이디어를 적용하기도 했다. 그 어떤 기발한 아이디어와 효율적인 방법도 이들이 따라 주지 않으면 성사될 수 없다. 나의 리더십은 부하 직원들에게 기회를 주고 그에 대한 책임은 내가 지는 것이다. 성공하면 직원들에게 공을 돌리고 실패하면 내가 책임을 졌다. 그러자 직원들은 실패를 두려워하지 않게 되었고 적극적으로 새로운 시도를 했다. 마감 시간이 가까워 오면 10만 원만 더 팔아 보자며 직원들을 격려했다. 애사심이 생긴 직원들도 매출 목표에 같이 목을 맸다. 심지어 몇천 원이 부족한 목표를 채우고 싶은 마음에 자기들끼리 십시일반 돈을 모아 매출을 채운 적도 있었다. 그 돈은 마음만 받고 돌려줬다.

매장에 활기가 돌았다. 직원들 얼굴이 환해지는 걸 보며 뿌듯했던 마음도 잠시, 이제는 손님을 잡아야 할 때였다. 인터넷으로 브랜드명을 검색하니 손님들의 불만이 많았다. 손님들의 평가만 읽으면 우리 가게는 절대 가서는 안 될 펍으로 보였다. 메인을 안 시키면 사이드를 못 시키는 규칙 때문에 배고프지 않아도 메인 요리를 시켜야 했고, 2시 이후에는 커피를 주문할 수도 없었다. 마주앉은 일행의 목소리를 들을 수 없을 정도로 음악이 크다는 불평과 다닥다닥 붙어 있는 테이블 때문에 불편하다는 의견이 많았다.

잘못된 점은 바로 고쳐야 한다. 커피의 질을 높여서 가격을 높인 후 2시 이후에도 상시로 커피를 주문할 수 있도록 정책을 바꿨다. 음악 볼륨을 줄이고 테이블 간 간격을 넓혔다. 사이드 메뉴의 종류를 늘리고 품질을 높인 후에 메인 요리 없이도 주문할 수 있게 했다. 메인 요리만 주문하게 하는 정책은 매출을 올리기 위한 것이지만 손님 입장에서는 비합리적인 규칙이었다. 추가 요금을 내야 했던 소스도 무료로 바꿨다. 잃어버린 손님을 다시 끌어오기 위해 직원 대상으로 무기명 아이디어도 공모했다.

6개월이 지났다. 어느 날 본사 업무 때문에 매장에 가는 시간이 미뤄지고 있었다. 스마트폰을 열었더니 직원들이 언제 오냐고, 왜 안 오냐고 보낸 메시지가 쌓여 있었다. 상사가 오는 게 그리 좋을까? 내가 기다려지는 사람이 된 게 행복했다. 잔소리만 하는 상사가 아니라 도움을 주는 팀장이 된 것 같아 뿌듯했다. 인터뷰를 보던 순간이 떠올랐다. 이 회사의 부족한 점을 보완하겠다고 말했었다. 수제 맥줏집은 2배의 매출을 내고 있었다.

새로운 의견을 낼 때마다 여기가 미국이냐는 소리를 들었다. 더 효율적인 개선안을 내면 외부 사람이라 뭘 모른다는 코멘트가 달렸다. 그래도 포기하지 않았다. 내가 가치를 두는 것에 집중하기로 했다. 될 때까지 매달렸고 길이 막히면 멀리 돌아갔다. 시간과 품은 더 들었지만 기대했던 성과를 이루어 냈고 기대하지 않았던 사람의 마음까지 얻을 수 있었다.

쓴 빵을 씹으면서

빵이 썼다.

슈크림 빵처럼 달달하지도 않고 바게트처럼 담백하지도 않고 크루아상처럼 고소하지도 않았다. 당연했다. 빵이 쓴 게 아니라 내 마음이 쓰렸다. 아가다AgathA 베이커리를 3년 만에 접는 날이었다. 고가의 커피 머신과 제빵 기계가 하나둘씩 매장을 떠났다. 손님들이 가장 좋아하던 파운드케이크가 가지런히 자리했던 쇼케이스는 텅 비었다. 유명한 음식 전문 사진작가가 찍은 먹음직스러운 빵 사진이 걸려 있던 벽도 휑했다. 적지 않은 돈을 들여 제작한 매대를 손으로 쓸어 보았다. 차가운 기운이 아릴 듯이 느껴졌다. 오픈 후 3년 동안 단 한 번도 적자를 면하지 못했다. 한숨이 푸욱 나왔다. 하주현, 이번에도 잘 안 풀린 거니?

"부장님, 잘 지내세요?"

모 회사에서 일할 때 가장 큰 지점에 있던 제과장에게 연락이 왔다. 오랜만에 만나 안부를 물었다.

"거기는 이사님 그만두실 때 저도 그만뒀어요. 일을 안 한 지 벌써 3개월이 넘었어요."

그는 그 회사의 매장 중 가장 큰 매장의 제과장이었으니 실력은 의심할 데가 없었다.

제과장은 오랫동안 실직 상태였다. 게다가 아내가 몸이 안 좋아 수술을 받아야 했는데 직장이 없으니 의료 보험 혜택도 제대로 받기 어려웠단다. 안 좋은 일은 한 번에 온다고 하던가. 엎친 데 덮친 격으로 전세금 사기를 당했는데 제대로 된 보상을 받을 시기마저 놓쳤다고 했다. 하루라도 빨리 자리를 잡아야 했으나 화려한 경력과 나이가 발목을 잡았다. 나도 제과장를 위해 자리가 있는 곳을 찾아보려 했지만 마땅치 않았다. 제과장의 불운이 내 일인 것처럼 마음이 좋지 않았다.

낯선 이국땅에서 20년을 보내는 동안 나도 제과장처럼 앞이 깜깜했던 적이 여러 번이었다. 그때마다 나를 도와줬던 사람들이 생각났다. 할머니는 모르는 사람도 도와줘야 하는데 아는 사람이 어려움에 처했을 때 못 본 척하지 말라며 나에게 여러 번 말씀하셨다. 은혜는 받은 사람에게 되돌려 주는 게 아니라 다른 사람에게 베풀어 갚는 것이라고 했던가. 문득 그와 나의 필요가 맞닿는 곳이 있을지도 모르겠다는 생각이 들었다.

"회사를 천년만년 다닐 것도 아니라 나도 내 노후 대비를 어떻게 할까 고민이었어요. 내가 투자자가 될 테니 제과장이 베이커리를 운영해 보면 어떨까요?"

그는 기뻐했고 우리는 함께 아가다 베이커리를 열었다. 나는 투자금을 대고 제과장이 실질적인 운영을 맡기로 했다. 아가다 베이커리는 나의 퇴사 이후를 준비하는 새로운 길이기도 했다. 아가다 베이커리가 안정되면 2호점, 3호점을 내어 이곳에서 일했던 청년들에게 프랜차이즈를 맡기고 싶었다. 젊은 세대들을 위해 무언가 하고 싶다는 막연한 희망이 이곳에서 실현될 수 있지 않을까 싶기도 했다.

아가다 베이커리를 열 때는 꿈에 부풀었다. 20년간 해외에서 온갖 좋고 고급스러운 것, 최고의 것을 보다 보니 누구보다 눈이 높았다. 스무 평 남짓한 아가다 베이커리의 인테리어에 만만치 않은 돈이 들었다. 우리 빵의 성격과 내가 손님에게 주고 싶었던 이미지를 골몰했다. 시간이 지나도 변하지 않는 멋 내지 않은 담백한 느낌을 구현하고 싶었다. 런던에 있는 레스토랑과 카페, 벨기에 브랜드인 르 팽 코티디앵Le Pain Quotidien을 떠올렸다. 나는 유럽 뒷골목의 아담하지만 깔끔한 동네 빵집의 느낌을 살려서 인테리어를 했다. 커피 머신과 식기에도 만만치 않은 돈을 들였다. 배운 게 있고 본 게 있으니 싸구려를 쓰고 싶지 않았다. 그러다 보니 시작부터 가게에 돈이 많이 들어갔다.

당시에 나는 회사에 몸담고 있었기 때문에 매장 운영에 참여할 수는 없었다. 직원 고용부터 교육, 운영, 메뉴 개발과 가격 조정까지 제과장에게 맡기고 내 목소리는 크게 내지 않으려고 노력했다. 첫 달은 적자였다. 괜찮았다. 처음이니까 그럴 수 있어. 시작하고 반년은 적자를 각오하고 있었다. 6개월이 지난 12월에는 크리스마스 효과도 누릴 수 있지 않을까? 그렇게 산타를 기다리는 아이처럼 크리스마스를 기다렸으나 12월에 베이커리는 최악의 적자를 기록했다. 투박한 케이크와 장식을 좋아하는 손님은 없었다. 아기자기한 예쁜 케이크 사이에서 주방장의 성실하고 묵직한 케이크는 찬밥 신세였다. 조금 더 추이를 지켜보자 싶었다. 그러나 적자는 계속되었다. 아가다 베이커리 유지를 위해 들어가는 돈이 내 월급보다 큰 돈이 되었다. 어쩌다 이렇게 된 걸까?

"사장님, 죄송하지만 저는 그만둬야 할 것 같아요."

보다 못한 직원들이 자발적으로 아가다 베이커리를 그만뒀다. 마침 내 컨설팅 일이 끝나는 시기와 맞물렸다. 이제 뭔가 대책을 세워야 했다.

곰곰이 생각해 보니 내 노력과 정성이 부족했던 게 큰 원인이었다. 회사 생활을 할 때 40시간가량을 내리 일하기도 했던 나의 열정은 어디에도 없었다. 내 가게인데도 투자자의 입장에만 머물고 실질적인 운영을 다른 사람의 손에 맡겼다. 결국 내가 직접 운영을 했어야만 했던 건 아닐까 싶었다. 달달한 빵의 맛을 다시 되찾으리라! 소매를 걷어붙이고 본격적으로 아가다 베이커리 사업에 뛰어들었다.

먼저 인건비와 재료비를 줄이기 위해 베이커리 전문점 대신 베이커리 카페로 정체성에 변화를 주었다. 음료를 만들 수 있는 직원을 뽑고 빵의 종류를 줄였다. 주변 저가 커피숍과의 차별화를 위해 로스앤젤레스에서 주문과 동시에 로스팅해 2주 안에 도착하는 커피콩을 고집했다. 그리고 중이 제 머리 못 깎는다고 내가 베이커리를 제대로 모르는 탓인가 싶어서 컨설팅을 받았다.

"이곳은 소위 말해 '잇아이템'이 없어요."

"어떤 걸 아가다만의 아이템으로 잡아 볼까요?"

"그건 사장님이 더 잘 아실 것 같아요."

컨설턴트는 내게 일침을 가했다. 그의 말을 듣고 빵을 모두 다시 먹어 보았다. 그중에서 파운드케이크를 선택했다. 시중에 파운드케이크 전문점이 없는 만큼 '파운드케이크가 맛있는 집'으로 중심을 잡았다. 아가다는 빵을 만들 때 첨가제를 사용하지 않고 설탕 대신 꿀을 사용했다. 그렇게 만들면 파운드케이크가 달지 않으면서 식감이 부드러워졌다. 식사로 먹을 수 있는 빵을 없애고 쿠키와 스콘, 마들렌 같은 디저트로 승부를 걸었다. 파운드를 기존 3종류에서 12종류로 확대했다. 아가다 베이커리는 파운드케이크 맛집으로 조금씩 자리를 잡아 갔다.

그러나 매출은 쉽게 반등하지 않았다. 코로나 사태가 겹치며 더 이상 아가다를 유지할 여력이 없었다. 아가다 베이커리는 3년을 버티다가 결국 문을 닫았다. 한동안 자괴감에 시달렸다. 온갖 생각이 들었다. 내 신념이 너무 낭만적이었던 걸까? 이익을 내려면 제품을 만들기 위한 비용은 적게 들이고, 가격은 높여야만 했다. 하지만 나는 '착한 가게' 콤플렉스가 있었고, 높은 비용으로 제품을 만들어 싼 가격에 팔았다.

낭만적인 신념을 고집한 건 인테리어와 재료뿐만이 아니었다. 한동안 아르바이트 대신 정규직만 고집했다. 젊은 세대들을 위한 교육 기관이자 도전의 장이 되길 바랐기 때문이다. 제과장이 가르치는 학생들이 실전을 경험할 수 있는 장소로 활용할 수 있는 랩 공간이자 도전할 수 있는 실험의 장소이길 바랐다.

나는 실수를 반추하며 다시 베이커리를 오픈하게 되면 어떻게 운영해 볼지 계획을 세웠다. 아가다 베이커리가 실패로 끝났다고 해서 내 꿈마저 포기해야 한다는 건 아니다. 언젠가 다시 빵을 달콤하게 먹을 수 있는 날이 오리라 믿는다. 꿈은 실패로 끝났을 때 끝나는 게 아니라, 그 실패에서 아무 교훈도 얻지 못했을 때 끝나는 게 아닐까. 이 책을 읽는 사람이 내 실패를 보고 '저것 봐, 내가 잘 안 될 줄 알았어. 나는 시작도 안 해야지'라고 생각하지 않았으면 한다. 내 실패담을 거울삼아 잘할 수 있는 방법을 찾길 바란다.

바닥에서 먼지를 툭툭 털고 일어나 허리를 곧추세우고 앉는다. 테이블과 의자가 빠진 공간은 횅하다. 그러나 이제는 빈 공간이 우울하게 보이지만은 않는다. 태풍이 모든 것을 휩쓸고 가자 내 영토에는 무엇이든 들어설 수 있는 가능성이 생겼다.

호텔과 레스토랑 업계에서 20년이 훌쩍 넘은 세월을 보냈다. 이번에는 요리 공부를 해 보고 싶다. 프랑스나 미국에 있는 요리 학교에 가서 본격적으로 요리와 베이커리를 배운다면 내 꿈을

한 번 더 다듬을 기회가 생기지 않을까. 나는 여전히 더 공부하고 싶다. 다시, 시작이다.

에필로그

이 책을 쓰면서 20여 년 동안 잠시 잊었던 나의 미국 스승들, 손님들의 손 편지, 미슐랭 레스토랑의 메뉴들, 직원들의 메시지를 다시 찾아보았다. 그때는 힘들었는데 왜 시간이 지나면 애틋한 감정이 남을까? 하루도 편히 발 뻗고 마음 편히 잠든 적이 없던 생활이었지만 다시금 추억에 잠겼다.

나는 굉장히 내성적이고 잘 울고 남 앞에 고개도 잘 못 드는 성격이었다. 지금의 나를 본 사람들은 나를 외향적이고 잘 웃고 남 앞에서 이야기도 잘하는 사람으로 여긴다. 그리고 나를 무척 당당하게 본다. 20년이 넘은 직장 생활이 또 다른 나를 만든 것이다. 긴 세월 동안 늘 쉽게 되는 일이 하나도 없고 어려운 길만 걸었지만, 부드럽고 푹신한 아스팔트 길이 아니었기에 내 발은 더 단단해졌고 내 마음은 더 여유로워졌다.

나는 국내외 대기업과 중소기업, 개인 기업을 아우르며 말단 직원에서부터 임원, 그리고 조그만 베이커리의 오너까지 차근차근 성장했다. 다양한 위치와 환경에 처한 사람들의 마음을 헤아릴 수 있는 많은 경험이 쌓였다. 누구나 그렇듯 나에게 다시 지나간 시간이 주어진다면 좀 더 잘 준비해서 더 잘해 보고 싶은 마음이 간절하다. 하지만 내 인생을 뒤로 되돌릴 순 없다. 대신 후배들이 지나간 나의 이야기를 토대로 그들의 방식대로 젊음과 열정적인 삶을 잘 써 내려 가길 바란다. 이 책을 쓴 이유이기도 하다.

나는 더 많이 나눌 수 있는 사람이 되기 위해, 내 인생을 다시 업그레이드하기 위해 아직도 새로운 계획을 세우고 있다.

학창 시절부터 지금까지 언제나 나를 응원해 주시고 내게 '무엇이든 물어보세요'가 되어 주신 이성철 교수님께 감사를 드린다. 다니엘 불뤼는 내 열정을 보고 나를 레스토랑의 세계로 안내해 주었다. 조엘 로부숑은 완벽함으로 최고가 무엇인지 보여 주었고 자상함으로 내게 곁을 내주었다. 완벽주의자 상사 매기 르

코즈는 프로가 일하는 법을, 그리고 요리하는 부처 에릭 리페르는 새로운 리더십의 가능성을 보여 주었다. 내게 함께 일할 기회를 준 그들에게 감사를 전한다.

살아 계셨으면 "네가 한 게 뭐가 있다고 책을 내니?" 하며 손사래를 치셨을 엄마의 진짜 속마음이 궁금해진다. 한때는 칭찬에 인색한 엄마가 서운하기도 했지만 지금은 엄마가 아니었다면 지금의 나로 성장할 수 없었음을 안다.

책을 내기로 결심하기 전에 남편과 아이들에게 괜찮을지 조심스레 물어보았다. 내가 하고 싶다고 그들이 원하지 않는 것을 하고 싶지는 않았다. 가족들은 흔쾌히 찬성을 해 주었다. 나의 경험을 소중히 생각하고 함께 나눌 수 있는 딸과 아들, 그리고 남편이 있어 감사하다.

2018년 8월 6일에 내가 제일 존경하는 스승인 셰프 조엘 로부숑이 하늘의 별이 되셨다. 이 책을 그분이 보셨다면 "줄리아, 트레 비앙très bien(아주 좋아)!" 하고 환하게 웃으셨을 것이다.

이 책을 내 마음의 별인 그분께 바친다.

2022년 1월 10일
하주현